La blonde de Patrick Nicol

roman

Données de catalogage avant publication (Canada)

Nicol, Patrick
    La blonde de Patrick Nicol
    (Romans/récits)
    ISBN 2-89031-543-6
    I. Titre.

PS8577.I357B56 2005   C843'.54   C2005-941010-8
PS9577.I357B56 2005

Nous remercions le Conseil des Arts du Canada ainsi que la Société de développement des entreprises culturelles du Québec de l'aide apportée à notre programme de publication. Nous reconnaissons également l'aide financière du gouvernement du Canada par l'entremise du Programme d'aide au développement de l'industrie de l'édition (PADIÉ) pour nos activités d'édition.
Gouvernement du Québec – Programme de crédit d'impôt pour l'édition de livres – Gestion SODEC.

Mise en pages : Sophie Jaillot
Maquette de la couverture : Raymond Martin
Illustration : Egon Schiele, *Femme assise de dos*, 1917.

DISTRIBUTION :

Canada
Dimedia
539, boul. Lebeau
Saint-Laurent (Québec)
H4N 1S2
Tél. : (514) 336-3941
Téléc. : (514) 331-3916
general@dimedia.qc.ca

Europe francophone
Librairie du Québec / D.E.Q.
30, rue Gay Lussac
75005 Paris
France
Tél. : (1) 43 54 49 02
Téléc. : (1) 43 54 39 15
liquebec@noos.fr

Dépôt légal : B.N.Q. et B.N.C., 3ᵉ trimestre 2005
Imprimé au Canada

Patrick Nicol

La blonde
de Patrick Nicol

roman

Triptyque

Les pages arrachées d'*Anna Karénine* errent dans ma maison. J'en trouve par terre, sur un calorifère, j'en trouve une sur la table et y dépose ma tasse. Le café est froid, mais j'y mets tant de sucre, tant de lait, qu'il a le goût du dessert ; il est si fort, on dirait du chocolat.

Les feuilles sont jaunes, leurs coins sont ronds, elles sont sèches et, de près, le papier paraît grossier. Le premier « d » de « dédaigneuse », par exemple, est presque surélevé. Ces pages ont fui de l'exemplaire abandonné sur ma table de chevet. C'est l'édition du Livre de poche, bien sûr, le premier tirage, bien sûr. Sur la couverture verte, Anna penche la tête, tourne les yeux vers huit heures. Le livre est fermé, mais on sent le vide laissé par les feuilles arrachées. Je lisais au lit et à mesure que je les tournais, les pages me restaient dans les mains – la colle avait séché, de petits cristaux glissaient sur mon ventre – et je les déposais, à côté de moi, dans cet espace où il n'y a personne.

Voilà l'histoire la plus simple, sans doute. Détruire. En un jour ou en cent, arracher un à un les morceaux. Ici, heureusement, il ne s'agit que d'un livre.

J'ai acheté *Anna Karénine*, les deux tomes, au Mont Notre-Dame, une école secondaire privée pour filles, au centre-ville, tout près du Séminaire, où j'ai étudié. Chaque année, le Mont tient un bazar. Pour financer quoi ? Les projets des jeunes filles, sûrement, ou les jeunes filles elles-mêmes, celles, du moins, qui n'ont pas les moyens d'étudier là. Les familles unies derrière les grandes tables n'avaient rien à offrir, comme si les riches n'avaient plus rien à jeter, comme si les ventes des premières années avaient fini de vider les garages et les remises du quartier Nord. Peut-être aussi arrivions-nous trop tard, ma fille et moi. Le zèle ne nous étouffera jamais.

Rien d'intéressant. Nous n'avions pas besoin de patins usés, de cendriers en verre... Ma fille a regardé un instant, presque honteuse, presque dédaigneuse, une collection de petits bonshommes sales. J'ai examiné des outils, des squelettes de meubles et de lampes ; je ne suis pas bricoleur. Nous n'étions pas vraiment déçus. Dépourvus de besoins, nous ne cherchions qu'à passer le temps. Le samedi, il faut bien trouver à s'occuper. Elle n'a pas toujours d'amies et je suis souvent trop endormi pour l'animer. On marche en ville. Un père et sa fille. Une semaine sur deux.

Au micro, une dame a annoncé que, pour un dollar, on pouvait remplir un sac d'épicerie. Pour un dollar, un plein sac de cochonneries. J'en ai pris deux ; nous nous sommes séparés. J'ai ramassé *Anna Karénine* parmi les restes du dernier élagage de la bibliothèque. J'ai dû en prendre d'autres : c'est le genre d'endroit d'où je ressors avec un Romain Rolland ou un Marie-Claire

Blais que je ne lirai jamais. J'ai pris aussi un exemplaire de *Jonathan Livingston le goéland*, je m'en souviens. Enfant, j'avais vu le film. J'ai acheté le livre pour ma fille, je crois que je ne le lui ai pas encore donné.

Elle, elle est revenue avec une grosse boîte qui à elle seule remplissait son sac. Je me souviens de m'être dit que ma fille n'était pas très futée. Un seul objet. Un jeu d'archéologie. Des briques de terre sèche qu'il fallait gratter pour en exhumer des trésors anciens : pièces de monnaie, fossiles, coquillages. Pendant des semaines, par la suite, nous les avons grattées, ces briques, produisant surtout de la poussière. Je me rappelle ce sable fin répandu sur la table de la cuisine, et l'impatience de ma fille qui ne trouvait jamais assez vite.

Collée sur la couverture du livre, à l'intérieur, la petite pochette de la bibliothèque scolaire. Des dates y sont estampillées : 7 avril 1976, 15 octobre 1978... Cet exemplaire faisait partie de la collection du Mont Notre-Dame à l'époque où j'étudiais de l'autre côté de la rue. Des filles que j'ai connues l'ont sûrement lu. Cet exemplaire, le même, elles l'ont tenu dans leurs mains. Une fille du Mont. Les gars du Séminaire ; les filles du Mont. Un jour, je parlerai de leur uniforme (jupe vert forêt, blouse blanche), parlerai aussi du veston qu'il m'a fallu porter pendant cinq ans... pas d'espadrilles, pas de bottes de travail, pas de chemises à carreaux comme c'était alors la mode.

Deux dollars de cochonneries ; un peu la fête, un peu le dégoût. En sortant avec nos sacs remplis, il a fallu nous arrêter devant le comptoir à jus, devant l'étalage de biscuits maison, devant le percolateur gris acier des grandes occasions. Un appareil au bec noir, avec une petite lumière rouge en avant, un de ces engins qui charrient des souvenirs de réunions, de congrès, de Coffee Mate.

J'ai croisé Lyne là, dans le hall aux colonnes de marbre du Mont Notre-Dame. Elle était assise à une table. Je pourrais dire une table à cartes, mais c'était une vraie table d'école avec ses pattes beiges en métal. Elle buvait un café. Je me suis assis.

Lyne et moi ne sommes jamais seuls. Il y a toujours des enfants, cela s'entend, mais aussi avec elle un chum, avec moi une femme. C'est un peu familier : on mange, on boit, mais jamais on n'est intimes. Mathilde, sa fille, mange son biscuit dans le grand escalier de bois, la mienne part la rejoindre.

Je ne suis pas timide. Ce jour-là, je ne suis pas timide. Je lui demande de me montrer ses trouvailles. J'emploie ce mot, *trouvailles*. Elle hésite. Ça ne peut pas vraiment m'intéresser. Des vêtements, surtout... et pour sa fille. Mais oui. Je veux voir. Je la regarde ouvrir devant moi les bras pour exhiber une robe d'été. Elle rougit un peu, je crois. Nous n'avons pas, d'habitude, ce genre de conversation. Elle voudrait que nous parlions des livres dans mon sac. Ce serait plus normal. Comme elle est passée avant moi, elle cherche à se justifier de ne pas les avoir pris. Redoutable ascendant des livres. J'aime mieux parler d'autre chose. J'invente l'histoire d'une première blonde en jupe verte. Ça sent le couvent, un peu, un peu l'histoire régionale et l'érotisme adolescent. Ça va : cette fois, elle ne rougit pas. Elle flatte la robe d'été en me regardant dans les yeux. Les filles ne s'occupent pas de nous, indifférentes au fait que ce moment n'est peut-être pas comme les autres. Elles parlent déjà de souper ensemble, dans la maison de Lyne, y retrouver le chum, peut-être d'autres adultes encore.

— Tu sais, on aurait pu être amoureux.

— Qu'est-ce que tu veux dire ?

— S'être rencontrés avant, ailleurs. J'aurais pu être ton chum, on aurait pu vivre ensemble.

Si je ne bouge pas, si je la regarde trop, elle sera mal à l'aise. Ce n'est pas mon but. Elle demande :

— Tu ne me cruises pas, là ?

— Ben non.

— Il est trop tard, c'est ça ?

— C'est juste que... ça aurait pu arriver et ça n'a pas eu lieu. Tu pourrais être une de mes anciennes blondes.

— Une...

— Oui, une... je l'imagine bien... Je serais ton ex, un troisième enfant serait assis dans l'escalier. Un peu plus vieux, ou plus jeune que les filles...

— Un garçon ?

— Oui. Pourquoi pas ?

C'est compliqué, un peu. Je ne voudrais pas laisser entendre que je désire être son amant, non plus qu'elle croie que je regrette, que je considère avoir perdu mon temps avec les mauvaises femmes. Je voudrais juste qu'elle entende ceci :

— On aurait pu être des amoureux.

— Je le pense aussi et ça me fait de la peine.

— Ben non.

— Comment ça, ben non ?

— Tu n'as rien perdu.

— Non. Mais on aurait pu.

Et on se serait laissés, aussi, parce que Lyne a l'art de tout compliquer, de rendre triste tout ce qu'elle touche. Tristounet, les bons jours ; noir et lourd, bien souvent. On se serait laissés après j'ignore combien d'années. Trois, peut-être. Parfois, Lyne est si triste qu'elle en conçoit des migraines. Alors elle ne bouge plus, reste chez elle, en famille, des semaines durant. Et tout son petit monde s'ajuste calmement. Il aurait fallu que je parte après trois ans. Peut-être cinq. Y aurait-il eu des enfants ?

— Viens, choune !

Elle est debout, soudain, les sacs dans les mains.

— On se reprendra, pour le souper.

— Est-ce que ça va ?

Elle est plus belle en ce moment qu'à mon arrivée.

— Ben oui, ça va.

Et puis :

— Merci.

Les filles se séparent sans faire de misères ; elles sont grandes, maintenant.

Depuis, nous nous revoyons sans problème. Lyne m'embrasse un peu vite, parfois ; parfois un peu lentement. La bise – bise d'arrivée, bise de départ – est devenue un moment que nous attendons et les longs soupers, les après-midi de corvée ne sont plus que parenthèses obligées entre deux saluts. Je m'en fais une histoire, un récit un peu bête, sans doute, et condescendant, bien sûr. J'attends la bise pour prendre sa température – c'est l'expression que j'emploie, en secret – pour vérifier, avec les lèvres, avec la joue, si Lyne tient le coup.

— Tiens-tu le coup, Lyne ?

— J'arrête pas d'y penser, maintenant.

— Mais il n'y a rien à penser là.

— Être désirée, seulement.

— Tu ne veux pas d'un amant. Et pas de moi, particulièrement. Tu ne t'étais pas imaginée avec un autre homme depuis longtemps et tu y tiens, maintenant. Cette image de toi te plaît.

— Qu'est-ce que tu connais là-dedans ?

Vronski est celui dont on tombe amoureuse. À la page soixante-dix d'*Anna Karénine*, celle-là même qui me sert de sous-verre, il fait ce commentaire sur Nice, en hiver :

Je n'ai jamais tant regretté la campagne, la vraie campagne russe avec ses moujiks et leurs brodequins d'écorce, que durant l'hiver où j'ai accompagné ma mère à Nice. C'est, comme vous le savez, une ville plutôt triste. Au reste, Naples et Sorrente fatiguent aussi bien vite.

L'image d'un personnage. Pleine de trous. Je vois deux rangées de boutons dorés, des galons tressés ; l'uniforme est bleu, très pâle, presque blanc. Les bottes sont hautes et la ligne du corps, si droite qu'on la dirait dessinée par le sabre, par les colonnes de la salle de bal. Ici, on comprend à quel point Vronski est habile dans l'art de la conversation. Cet homme me déplaît.

Je devrais faire quelque chose de ma journée. Me fatiguer, au moins, dans l'espoir de mieux dormir ; m'agiter, me donner l'impression d'un peu exister. Et si je noircis des pages, d'autres pages que les feuilles déjà imprimées d'un livre russe, si j'y laisse d'autres traces que ces ronds de café, je me sentirai encore mieux.

Tondre, tiens, c'est déjà quelque chose. Demain, il peut pleuvoir, et d'autres jours entraîner d'autres retards. Tondre avant que l'herbe ne soit trop haute et qu'il ne faille après coup la ramasser au râteau. L'acte semble manqué quand, après avoir tondu son petit carré de ville, l'homme doit ensuite le râteler, faire des meules sur l'asphalte de l'entrée, aux yeux des voisins, à la merci des passantes... il y a là quelque chose d'humiliant. Un peu comme glisser dans ses propres marches qu'on aurait mal entretenues.

La forme la plus élémentaire du récit raconte le passage du vide au plein, du plein au vide. Remplir de lait un verre, finir son assiette. Chaque fois que je tonds, je me raconte l'histoire des traces que je laisse, de ces larges bandes d'herbe rase qui finissent par couvrir entièrement la surface. Des bandes, puis des rectangles, des carrés, agencés, juxtaposés, comme les pièces d'une courtepointe. C'est le même jeu depuis toujours, avec la neige dans l'entrée, avec les pages d'un cahier. Commencer avec rien et graduellement tout couvrir.

Fantaisie, j'opte aujourd'hui pour une spirale inversée. De l'extérieur vers le centre, dans le sens contraire des aiguilles d'une montre. Comme l'herbe coupée est éjectée par la gauche, elle tombe vers le milieu du terrain, plutôt que vers mon garage, mon entrée, le trottoir ou la pelouse du voisin. Après trois tours, je peux changer le sens de la rotation. L'herbe tombe alors sur les parties déjà tondues. Il le faut : l'herbe coupée s'ajoutant à l'herbe encore debout risquerait d'étouffer la machine.

J'aime la scène où le voisin m'engueule à propos de l'herbe propulsée. Il en trouve sur sa pelouse, dans sa clôture ; des éclaboussures jaunes de pissenlit maculent sa voiture. Mon voisin accumule la tension depuis des mois, depuis la neige soufflée de février, peut-être. Il crie, m'insulte, s'indigne de mon incompétence. Il dit quelque chose d'intense et atroce du genre : « Monsieur, ce n'est pas humain... tondre si mal, éparpiller ses rognures... » Je lui montre ma propre entrée, elle aussi couverte d'herbe, comme preuve de mon détachement. Je lui réponds : « Je suis au-dessus de ça, moi, Monsieur, l'herbe coupée. Et vous devriez y être, vous aussi, au-dessus de l'herbe... un peu plus haut qu'au ras du sol. »

Il ne faut pas faire l'intello dans les engueulades de voisins, mais c'est plus fort que moi. J'aime la face du voisin quand la mâchoire lui reste pendante, le bras encore levé mais mort, déjà, dévitalisé, le sang parti en renfort vers les méandres du cerveau. Il me regarde comme on regarde un sourd. J'aime aussi m'imaginer lui disant que j'envisage de ne plus jamais tondre afin de pouvoir ramper dans l'herbe longue et me glisser, invisible, jusqu'au pied de ses arbres, jusqu'à l'orée de la plaine où sa femme se fait bronzer.

— Que fais-tu ainsi couché ?
— Je rampe. Je suis tanné d'être vu.
— Tu me regardes...

— Je te regarde depuis des années, étendue presque nue dans une cour indigne de toi ; je te vois aussi devant ta fenêtre, penchée au-dessus de ton évier, alors que lui, derrière, fouille dans les armoires ou promène son journal.

— Ne parle pas de lui. Avance ou recule, commençons une histoire, ou rien, mais l'idée de cet homme ne doit pas exister entre nous.

— Si j'avance encore, je serai bientôt sur toi.

— Reste là.

Ta femme se lève et marche jusqu'à la limite de ton terrain. Elle atteint la ligne des herbes hautes en feignant de suivre du regard un oiseau. Ses orteils sont sortis de chez toi et, si elle se tourne, c'est l'os rond de sa cheville qui dépassera les bornes, froissant le mil et les autres tiges de mon territoire.

— Je veux, dit-elle (je suis couché sur le dos ; je la regarde de bas en haut), je veux que tu viennes plus tard m'emprunter du sucre, que demain tu reviennes pour du lait, que les jours suivants tu viennes me rendre les contenants de sucre et de lait. Puis des œufs, puis des fruits. Je veux que tu téléphones quand tu me vois penchée au-dessus de l'évier. Ne jamais rire de mon mari, mais m'obliger à me pencher encore et à mouiller ma camisole de mes avant-bras couverts de mousse.

J'atteins le cœur de la spirale et mon histoire est terminée. Je suis en forme, aujourd'hui ; tout pourrait m'arriver. Le voisin, la voisine, un appel de la Caisse populaire (une jeune fille voudrait discuter avec moi des frais d'utilisation)… je suis prêt pour tout, aujourd'hui, mais il faut me rendre à l'évidence : l'herbe est coupée et il n'est rien arrivé.

Le récit le plus simple commence avec un menton noir et plus tard je suis rasé. Le comptoir était plein ; maintenant, j'y passe la main sans rien rencontrer. Pas même une zone un peu collante ou rugueuse. L'aspirateur sur le tapis, même, et un petit exercice entre ma main et mon corps qui consiste encore en l'atteinte des fins les plus simples. Vider-remplir. Nous sommes mardi. Je suis particulièrement en forme, aujourd'hui. Il est à peine onze heures et tant de choses sont finies.

Acheter, c'est encore une histoire. Je n'en finis plus de m'accomplir. Ma fille désire ce jeu où l'on construit des villes. On dessine des rues, on installe l'électricité et la canalisation, on fait le zonage. Si on a bien travaillé, des gens viendront y vivre. On voit pousser leurs maisons, on prend la mesure de leur activité en examinant le bilan des hôpitaux et des prisons, la performance des écoles. Les personnages sont trop petits pour être surpris ; de minuscules taches bleues représentent leurs autos...

Quand la caissière du Bureau en gros m'a demandé si j'avais trouvé tout ce que je désirais, je l'ai regardée. Une seconde, peut-être deux. Elle a levé les yeux. J'ai souri, j'ai dit : « En fait, il me manque quelque chose », elle a souri aussi. Nous nous sommes regardés longtemps, nous avons gardé nos beaux sourires jusqu'à la porte de son appartement, jusqu'au pied de son futon échoué sur un grand plancher de bois franc. Mais non. Je n'ai rien dit et j'ai souri seul jusque chez moi. Même pas. J'aurais souri tout le long du retour, mais je me suis rencontré en traversant le stationnement.

J'aime bien le dire comme ça. J'ai fait ma rencontre dans le stationnement d'un centre commercial. Je marchais vers mon auto quand j'ai vu, dans une voiture venant vers moi, un homme au visage un peu rond, aux cheveux un peu frisés, un homme assez bien habillé qui m'a tout de suite intrigué. Je me suis arrêté. Je restais là, debout au milieu de l'allée alors qu'il roulait vers moi. Il avait ralenti malgré les impatients qui le suivaient ; il me regardait, lui aussi. On semblait se reconnaître sans se replacer tout à fait. Puis il a souri, un grand sourire, comme s'il me remettait soudain. Sa main aussitôt a plongé à l'intérieur de sa veste pour en sortir un portefeuille. Habile, il en a tiré sans peine une carte qu'il m'a tendue par la fenêtre baissée. La voiture ne s'est pas arrêtée. Elle roulait très lentement, la main en sortait, deux doigts tendus tenaient une carte d'affaires alors que la paume, le pouce et les deux autres doigts retenaient le portefeuille. Je me souviens de tout ça. Et du sourire familier qui doucement passait devant moi, heureux, gêné un peu de ralentir la circulation, mais conscient que quelque chose se produisait qui n'aurait pas dû – ou, au contraire, qui devait absolument – avoir lieu. Le ridicule de la boîte sous mon bras, le sac rouge et blanc, la solennité de la main qui passe tendant une carte sur laquelle je lis mon nom au-dessus d'un numéro de téléphone qui n'est pas le mien... « Appelle-moi », dit la voix de l'homme dans l'auto.

*

On passe la journée à regarder une carte d'affaires sur laquelle est écrit son propre nom. Pas d'adresse, quelques lignes tenant lieu de graphisme. Le style est sobre, presque radin. Le carton est beige, entre le gaufré et le grossier. Sa texture rappelle le livre ancien, le cliché du livre ancien pour ceux qui n'en ont jamais vu. Cette carte, on ne fait pas que la regarder. On la prend, on la dépose, on continue sa journée, on y revient relire son nom. La dixième fois, comme ça devient ridicule, on ramasse plutôt une page égarée d'*Anna Karénine*. Elle était là, sur la table, juste à côté de la carte qu'on ne veut pas reprendre. C'est le même élan, le même geste, le bras s'étire un peu moins, c'est tout. Et il semble au bout du compte qu'on était parti pour ça, qu'on a quitté le fauteuil, qu'on est sorti du salon exprès pour ça : lire une page perdue d'un grand roman russe.

On ne sait jamais qui est qui dans ces histoires-là. Un homme s'appelle Stéphane Arcadiévitch, on dit aussi le prince Oblonski, ses proches le surnomment Stiva. En gros, on comprend qu'il y a des hommes d'un côté et de l'autre, des femmes. Les hommes portent l'uniforme et les femmes, des toilettes *qui leur vont à merveille, ce soir*. Alors, les jeunes hommes bandent. Mais on ne le dit pas. On dit qu'ils salivent et que la bave coule de leur menton à leur torse, descend encore, s'accumulant sur le pommeau pour glisser ensuite le long du fil de leur sabre. On dit ça, et que *l'hôtesse est resplendissante.* Reste à savoir qui jouera aujourd'hui le rôle du pédant de Pétersbourg, qui fera le rustre. Le rustre porte la barbe et vit à des années-lumière de la cour, distance qu'il franchit annuellement dans une charrette à foin dans l'espoir d'en ramener une femme et des contrats pour la vente de bois. Il envisage de libérer ses serfs, mais hésite à leur laisser des outils contondants entre les mains. Le noble de Pétersbourg est snob et n'aime pas Milan l'hiver, c'est entendu.

Lyne me demande : « As-tu lu ton *Anna Karénine*, finalement ? » Elle m'en parle chaque fois que nous nous voyons. « Il paraît que c'est un grand livre ? » Il paraît ça. Il paraît aussi que moi-même j'écris des livres ; un jour, j'écrirai quelque chose là-dessus.

— En fait, Lyne, il y a trois grandes femmes infidèles dans la littérature : Anna Karénine, Emma Bovary et Constance Chatterley.

J'ignore pourquoi je lui dis ça. Je la taquine. Ce n'est pas gentil. Surtout devant Martin. Ce gars-là est infirmier et il est dans ma vie parce qu'il est le chum de Lyne. Ces jours-ci, il fait des efforts pour parler d'autre chose que de chauffage et d'argent, de rénovations et de fonds de retraite. Il s'intéresse maintenant à l'épuisement professionnel et profite de nos soupers pour étaler ses connaissances nouvelles. Il me dit que le burnout *existe pour vrai*, que c'est *normal*, que je n'ai pas à avoir honte. Je n'ai pas honte. Et la question de la normalité ne m'a jamais intéressé. J'aimerais peut-être comprendre pourquoi ma voix tremble quand je parle de mon travail. Mais c'est tout, vraiment. Pour le reste, Martin m'aiderait davantage

en me décrivant la nudité de sa blonde. Mais non...
Je dis ça... Je l'imagine assez bien, le corps nu de sa
blonde.

En ramassant une page qui traîne sur la table du
salon, Martin me dit :

— Tu ne fais pas tellement attention à tes livres.
Tu ne devrais pas te laisser aller comme ça.

Lyne fait des yeux le tour de la pièce pour me
faire comprendre qu'elle voit bien : tous les livres sont
rangés, aucun n'est sorti ni même déplacé. Comme si
je ne lisais plus.

— C'est dommage de laisser des livres comme
celui-là se perdre. D'après ce que tu en dis...

Martin n'aime pas les feuilles libres dans la maison de l'homme qui ne travaille pas.

Ça aurait pu ne pas être lui, ton chum. Un autre
homme saurait que l'on peut effeuiller, écarter, éparpiller Anna Karénine... que c'est sans importance. On
la retrouvera toujours intacte, dès qu'on aura envie
d'elle. En beau Folio, blanc, neuf, avec en couverture
une belle photo, en usagé dans le Livre de poche, ou
en anglais à 3,99 $ dans un nouveau format.

J'imagine parfois cette course : quatre personnes
dans un salon font une liste. Les *Poésies* de Rimbaud,
par exemple (c'est le genre d'exemple qu'on donne
dans ces cas-là), *Les Frères Karamazov*, *L'Étranger* (ou *Le
Petit Prince*, c'est pareil) et un autre, quelque chose
comme *L'Odyssée* ou *L'Énéide* ou *Les Métamorphoses*
ou le *Décaméron* ou le *Satiricon*, ou un autre vieux truc
qui finit en « on ». Pas *La Bonne Chanson*. Quatre personnes dans un salon se donnent une heure, peut-être

deux, pour ramener ces quatre livres à la maison et prouver ainsi que c'est possible, qu'il reste une mémoire matérielle, que rien ne nous oblige à protéger un exemplaire en particulier. Il y en aura d'autres, toujours. Prendre ces quatre livres et les brûler, ou les tremper dans le bain, ou les déchirer calmement, assis en rond sur le plancher du salon, en échangeant des recettes de cuisine et des souvenirs de désirs récents.

— *L'Amant de Lady Chatterley*, lui, m'a été donné par une femme qui voulait me baiser.

Martin plongerait sa tête dans l'évier ; Lyne se cacherait sous le linge à vaisselle.

— Le mari de Lady Chatterley a été blessé à la guerre. Il n'a plus de force dans les jambes, ni entre les jambes, rien… Lady Chatterley a vraiment besoin d'un amant.

— On voit souvent ces problèmes-là dans les couples. Quand un des conjoints souffre d'une maladie dégénérative, par exemple, ou sort handicapé d'un accident. Quand on est infirmier, on entend des choses... Je ne savais pas qu'il y avait des romans écrits là-dessus.

— La femme qui me l'a offert était mariée.

— Ah… Et *Madame Bovary* ?

Martin ne veut pas que je poursuive mon récit.

— Elle, son mari est normal. Désespérément normal. Un médecin de village qui s'endort en lisant des magazines.

— Et celui-là, tu l'as eu comment ?

— Tout le monde à l'université lit *Madame Bovary*, c'est presque obligé.

— Ça, c'est con, qu'on étudie juste...

Quand Martin a fini sa tirade à propos de ce qu'il ne connaît pas, je dis à Lyne :

— Je te prêterai *Madame Bovary*, si tu veux.

— Je n'ai pas tellement le temps de lire, tu sais.

Elle a raison, je commençais à exagérer. Je ne dis rien à propos de l'homme qui m'a donné sa carte.

*

La question de ma fille est légitime. Simple et légitime.

— Hier, quand tu as dit qu'une femme voulait te baiser, tu ne voulais pas dire t'embrasser ?

— Non. Elle voulait faire l'amour avec moi.

— Est-ce qu'elle voulait être ta blonde ?

— Non. Juste faire l'amour.

— C'est bizarre.

Elle m'avait dit : « J'ai le goût d'une aventure avec toi. » Ni Lyne ni Martin ne m'ont demandé la suite de mon histoire.

Ma fille me regarde en souriant. Ses coussins de blé ramollissent dans le lait. Parfois, je pense qu'elle me trouve beau.

— J'ai une autre question pour toi.

— Oui ?

— Serais-tu capable d'aller chercher une salamandre dans le bois, aujourd'hui ?

— Pour quoi faire ?

— Pour le vivarium de ma classe. Serais-tu capable ?

— Tu sais, j'ai pas vraiment envie de courir les bois pour trouver une salamandre, ma belle. Et il me semble que ce n'est pas à moi de faire ça.

— C'est vrai, c'était à moi. Mais j'ai oublié. Et puis, j'ai pas tellement le goût moi non plus.

Comment ont-ils pu ne pas se précipiter sur l'histoire de cette femme ardente et mariée, histoire folle et douce à moi arrivée, et qui dure et me poursuit jusqu'ici ? J'aurais dû tout interrompre : « En passant, vous ne savez pas ce qui m'est arrivé ? Je couche avec une géographe mariée et personne ne le sait. » Ils ne veulent pas entendre parler des dangers qui au travail m'ont frôlé et de la peau que depuis mon congé je me suis mis à toucher.

— Je trouve, ma belle...

— Tu sais, papa, on va s'arranger.

— Bon...

— La femme, est-ce que je la connais ?

— Non, tu ne la connais pas.

— C'était à ton travail ?

— Oui. Si tu n'as pas de salamandre, qu'est-ce que tu vas faire ?

— Les autres filles en auront peut-être trouvé.

Je pense un moment à ces autres parents, assis comme moi ce matin devant leur enfant. Des parents mariés, peut-être, et dont la fille ou le garçon a attrapé des grenouilles depuis longtemps. Des gens de mon âge mais qui déjà se brossent les cheveux, les dents, repassent leurs chemises et leurs pantalons. Des hommes et des femmes qui travaillent dans des endroits fermés, croisant à longueur de journée d'autres femmes, d'autres hommes. Ils échangent des sourires, des poignées de main ou des claques sur l'épaule ; ils partagent les signes que les humains comprennent comme étant ceux de la bonne volonté et du vouloir-faire. Ce matin, ils s'en vont et, ce soir, ils auront travaillé.

— Vas-tu bien te reposer, aujourd'hui ?

— Oui.

— Tu pourrais marcher dans la forêt, ça te ferait du bien.

— Eh !

— Je faisais des farces.

Ce n'est pas à elle que je vais raconter mes histoires de femmes et d'ouvrage.

Un arrêt de travail, ce n'est pas un accouchement interrompu. Il n'y a pas de bébé, la tête sortie du trou, qui voudrait vivre et à qui on demande d'arrêter. Rien d'important, rien d'utile ne cesse quand je ne travaille plus. J'imagine une femme couchée, avec entre les jambes une tête. Elle est calme, elle converse avec la petite personne dont elle pourrait accoucher. « Doit-on reprendre le travail ? » Mon travail se poursuit sans moi ; moi seul ne poursuis rien. Et la chose qui me parle dans mon entrejambe n'a pas un vocabulaire très étendu, ne s'embarrasse pas de questions d'utilité et de pertinence. Elle me parle pour parler, gonfle pour que le sang quitte la tête, pour que mes joues, par manque d'irrigation, soient dans l'impossibilité de rougir. Cela enfle pour que le poids qui plus tôt entraînait ma tête vers le sol m'assoie, maintenant.

— Veux-tu me baiser ?

— Quoi ?

— J'imagine une fille qui dit ça. « Veux-tu me baiser... », ça sonne drôle.

— Oui. Mais c'est rarement dit comme ça.

— On dit comment ?

— La femme disait « dormir ». « Veux-tu dormir avec moi ? »

Elle disait surtout « coucher ».

— C'est plus doux, comme, puis on comprend que ce n'est pas juste dormir.

— Tu ne penses pas que tu vas manquer ton autobus, là ?

— Oui. Ça fait que je peux pas débarrasser la table, hein ? Je suis trop pressée.

— Ça fait que tu fais dur.

— Moi aussi, papa, je t'aime.

Cette histoire à propos d'un pénis qui gonfle et parle est un peu simple. Il ne suffit pas que là s'en aille le sang pour qu'ailleurs il n'y ait rien. Ce n'est pas tout à fait ça.

*

Je ne sais plus qui est cette Varinka. Certaines pages retrouvées ne raniment pas le souvenir d'avoir été lues.

Elle semblait toujours absorbée par quelque devoir d'une nécessité inéluctable et dont rien, par conséquent, n'aurait su la distraire. C'était précisément ce contraste avec sa propre

existence qui séduisait Kitty ; l'exemple de Varinka lui révé-
lerait sans doute ce qu'elle cherchait avec tant d'anxiété :
comment mettre quelque intérêt, quelque dignité dans sa vie ;
comment échapper aux abominables relations mondaines
qui, lui semblait-il maintenant, font de la jeune fille une
sorte de marchandise exposée aux convoitises des chalands.
Et plus Kitty observait son amie inconnue, plus elle désirait
la connaître, plus elle voyait en elle le modèle de toutes les
perfections.

Kitty est la nièce d'Anna. Vronsky ne l'a pas de-
mandée en mariage. Un peu sans dessein, Vronsky
croyait qu'on pouvait courtiser une fille indéfiniment.
On lui sourit, on la fait danser, on lui parle de Milan et
on va se coucher seul, à l'infini toujours recommencé.
Jamais on ne la baise ni ne la marie. Kitty finira par
épouser Levine, le rustre au grand cœur et aux grandes idées. On dit que cet amour représente celui de
Tolstoï pour sa femme, mais qui s'intéresse à trouver
les amours des auteurs dans leurs livres ? Vronsky va
charmer Anna Karénine et lui faire tromper son mari,
puis il va la mettre enceinte et la tromper à son tour.
Il m'énerve !

En disant : « Je voudrais parler à Patrick Nicol »,
j'ai comme un frisson mystique. Un peu le fou rire,
aussi. Je m'imagine courir dans une autre pièce, dé-
crocher le téléphone et dire : « Oui, c'est moi », puis
m'excuser parce que je suis occupé sur une autre ligne.
Mais rien de cela n'arrive et bientôt une voix qui ne
sort pas de moi entre par mon oreille en prononçant
mon nom :

— Bonjour. Patrick Nicol.

Moi, je ne fais jamais ça, me nommer en prenant le téléphone, m'annoncer comme à l'arrivée d'une personne attendue.

— Bonjour. Moi, c'est... Moi aussi, c'est...

— Salut Patrick, je suis content que tu appelles.

— Tu m'as reconnu ?... Tu me connais ?

— Je reconnais ta voix. Je t'ai entendu deux ou trois fois. À la radio, je crois, ou à la télé... En tout cas, je connais ta voix. Et quand on parle de toi, c'est sûr, je porte attention.

— C'est sûr, avec nos... avec notre nom.

— C'est ça. Et puis, moi aussi, je m'occupe de littérature.

— Ah ? T'écris ?

— Non, je suis prof. J'enseigne le français au cégep.

— Ah...

— Oui.

— Bon... Alors, je t'ai appelé.

— Oui. J'aimerais ça que tu viennes me voir.

— Oui ?

— Je voudrais te rencontrer. J'aimerais ça que tu me rencontres. J'y ai souvent pensé, puis de te voir comme ça, avec ton jeu dans ton sac... C'était bien un jeu ?

— Oui.

— Lequel ?

— *Sim City*.

— Ah, c'est bon... Mais tu vas voir, on finit par se tanner. Juste des maisons qui poussent ou qui tombent... on s'écœure vite.

— C'est pour ma fille.

— Ben oui. Ben oui... En tout cas, si je peux te donner un conseil, pense aux aéroports, aux ports et aux trains, pense à tout ce qui permet à tes habitants de sortir de la ville. C'est important, la circulation, pour le développement.

— Je vais essayer de m'en rappeler.

— On est drôles... On est là à parler de jeux.

— Oui.

— Vas-tu venir ?

— Ça va être un peu long. J'ai ma fille cette semaine, et puis j'ai du travail.

— Bien sûr.

— Mais... oui, je pourrais.

Un jour, une collègue est venue s'asseoir en face de moi. *Pour me parler.* Sa voix était douce, bien qu'un peu irritée, ses yeux évitaient les miens. Elle portait ses mains à sa bouche, parfois, pour arracher la peau de ses lèvres ou, avec ses dents, déchirer ses ongles mous d'enfant. Déployant ce qui pour elle devait être de la bonne volonté, elle a dit :

— J'aimerais que tu présentes les symptômes de la folie. Si tu avais des tics et des accès de colère, si tu marchais en rond en rongeant quelque invisible frein, on aurait l'impression que l'ouvrage se fait.

Alors moi je me suis penché, j'ai déposé mes avant-bras de chaque côté de ma tablette, j'ai agité au-dessus de la feuille un stylo de bonne qualité et je lui ai demandé comment je pourrais atteindre cet état.

— Je ne le sais pas. Essaie quelque chose, si tu ne réussis pas, je te le dirai.

— Et si je réussis ?

— Je ne dirai rien. Je ne peux pas tout faire. Je travaille tant, c'est effrayant. Je passe des jours sans rien voir autour de moi, j'ai des semaines comme des tunnels, des mois comme des galeries de mine ; le matin, je tombe du ciel et, le soir, on m'enterre. Il faudrait que toi aussi tu sois malade ; j'aurais le sentiment que nous formons une équipe.

Je traçais sur la tablette des lignes, des flèches, des cercles et des mots-clés avec au bas de la feuille un début d'échéancier. Et puis j'ai demandé à ma collègue si elle pouvait me suggérer une méthode. Elle a dit :

— Chez moi, c'est inné. Je suis née avec des yeux dans le dos, tu vois, avec les mains qui tremblent et me sautent au visage, je suis née avec cette maladie des glandes qui fait que je sue du sable... alors j'ignore comment tu feras. Moi, ça me vient tout seul, c'est comme un talent, un don que j'ai, comme le don de clairvoyance ou celui d'arrêter le sang. Je suis née anxieuse et digne de confiance. Il faudrait que vous soyez tous comme moi.

Cette question du sang qui va ou ne va pas à l'endroit approprié, c'est aussi la question de l'attention. *Comment vais-je vivre, à quoi vais-je penser ?* En relisant les notes prises ce jour-là devant ma collègue, il m'est arrivé de me concentrer et de vraiment chercher, de me demander avec une incroyable acuité comment je ferais pour la satisfaire dans son désir de moi, dans sa crainte du simple. L'eau commençait à couler par mes yeux, mes paumes, à fuir par la petite glande que je me suis découverte derrière les testicules. Je mouillais ainsi sans bouger, sans penser, puis je me disais : « Ça y est, ça doit être ça : me voilà compétent. » Parfois, au contraire, toujours devant ces notes, ou sous le regard de mes collègues et de leurs propres notes, comme affichées sur leur front, comme tapissées sur leur chemise, parfois, malgré toute ma bonne volonté, je me mettais à soupirer. C'étaient les mâchoires qui m'enflaient, ou mes mains qui gonflaient ou, comme à quinze ans, je me mettais à combattre une érection spontanée. Une voix alors me disait : « Tu fuis, tu refuses cette maladie qu'on appelle la conscience professionnelle. » De tous les événements, de toutes les réalités du merveilleux monde du travail, je ne me rappelle que les sueurs et les tremblements, les sécrétions importunes et cette question qui sans cesse me revenait : *Vais-je vivre ainsi, vraiment, et penser à ça ?*

Ce que je sais : quand ma fille s'arrête au milieu d'un jeu, d'un geste, d'une phrase pour marcher vers moi et me prendre dans ses bras... Quand le chat marche vers la chaise où je suis assis, lève la tête et m'y voit, me choisit, saute, monte sur moi et s'endort... Quand une femme que je connais ou ne connais pas me dit qu'elle me désire et qu'elle ne voit pas, dans sa grande sagesse, pourquoi l'amour n'aurait pas lieu... Ce que je sais, c'est qu'en ces moments-là, il n'est plus question de sueur et de sang, plus question de flèches et d'échéanciers, il y a moi dans mon corps et capable de bien le faire avancer. Quand j'entends dire : « J'ai l'impression que je pourrais t'aimer », je réponds toujours : « Je ne vois pas de raison de t'en empêcher. »

J'ignore pourquoi je l'ai suivie, je ne comprends toujours pas pourquoi j'ai accepté l'invitation de cette collègue qui me voulait fou. Pour lui plaire, sans doute, pour être aimé d'elle. Être aimé, même de celles à qui je ne voudrais pas ressembler.

Un jour, au travail, Lady Chatterley m'a dit :

— Quand je m'habille, je pense à toi. Le matin dans ma chambre, quand je choisis un soutien-gorge, quand je mets une camisole ou des bas, je n'envisage que de les détacher, les défaire, les enlever. Ici, par exemple, dans ton bureau, ou dans le mien. Le matin, je me prépare à être décoiffée par toi dans la journée. Il est sept heures, mon mari fait du café et le petit joue sur le plancher. Je fais à l'envers les gestes que je voudrais te voir faire : je monte, je serre, j'attache… et à sept heures et demie je suis tout excitée, c'est vrai, je suis molle et mouillée pour l'ensemble de la journée.

Elle m'avait dit tout ça, et aussi :

— Toi, pourquoi tu ne dis rien ? Jamais rien ?

Quelqu'un est entré, je n'ai pas pu répondre.

Quand j'étais avec Lady Chatterley, il entrait toujours quelqu'un ou alors le téléphone sonnait. La même chose quand j'étais seul ou avec quelqu'un qui m'ennuyait. Il y avait constamment des bruits de porte et des sonneries, et si on ouvrait la fenêtre, une balle perdue ou un oiseau égaré vous arrivait derrière la tête. C'était proprement désolant et pour tout dire dégradant de se voir ainsi toujours en mouvement et jamais en contrôle, vraiment.

Je dis : quelqu'un est entré ; je ne me rappelle plus qui c'était ni pourquoi cette personne trouvait normal de venir me parler. C'était peut-être cette collègue qui cherchait à me faire progresser vers les pathologies appropriées, ou un homme, mon-collègue-son-complice, celui qui un jour m'a dit :

— Nous n'en pouvons plus de ta légèreté, nos crises sont vitales et ta mollesse les mine, tu dénigres nos drames, tu discrédites nos pathos, tu souris au milieu de nos tragédies, c'est irresponsable, irréligieux, pédant... et tu nous nuis. À cause de toi, le groupe ne peut atteindre l'intensité, déployer la ferveur souhaitées, tu empêches l'équipe de se croire et de se réaliser.

C'est ce qu'il avait dit, je crois, ou quelque chose d'approchant. Je ne sais plus. Je m'étais évanoui après la troisième virgule, j'ai manqué d'air pour lui, mon cerveau a manqué de l'oxygène dont le sien se prive aisément, tant il est habitué à ces élans oratoires qui sont des traversées de l'Atlantique sous l'eau. C'est effrayant comme on est sourd quand on a la mer pardessus la tête.

À cet homme non plus je n'ai rien répondu. Ou peut-être me suis-je penché vers lui et ai-je dit que j'y réfléchirais. *Comment vivre, à quoi penser ?* Je crois me rappeler lui avoir dit que sans doute il avait raison, que j'avais sûrement tort. On a toujours tort d'une certaine manière, il s'agit seulement que quelqu'un le souhaite, qu'autour de vous quelqu'un considère que vos os valent la peine d'être rongés... On espère être un peu plus civil soi-même, on souhaite savoir à quel moment arrêter de faire chier. Et on échoue, toujours.

*

Je me pratique à parler franchement. De toute façon, jusqu'à maintenant, le silence ne m'a mené nulle part. Je dois apprendre à *nommer à mesure*, comme on dit. Déclarer toujours ce qui m'arrive. Reste à trouver des gens à qui ça vaut la peine de parler.

Lyne me demande :

— Si on avait été des amoureux, dis-moi, comment ça aurait été ?

— Sexuellement, ça aurait bien marché.

— Pourquoi tu dis ça ?

— Parce que je te trouve belle, parce que je crois que tu n'as pas envie d'être ménagée.

— Oui, oui… mais, pourquoi est-ce que c'est *ça* que tu dis ?

Je ne réponds rien.

— Quoi d'autre ?

— On aurait fait l'amour souvent et partout.

— Oui, oui… au début… mais quoi d'autre ?

— On aurait fait semblant de ne rien savoir, de ne pas se croire…

Déjà, je ne sais plus quoi dire.

— Moi, je voyais ça très doux. T'es tellement doux.

— On aurait pris des marches à n'en plus finir, on aurait parlé…

— Oui, c'est ça, parlé beaucoup.

— Pis un jour on se serait tanné.

— Tu ne penses pas que ça aurait duré ?

— Serais-tu tombée enceinte ?

— Peut-être. T'avoir eu à moi, j'aurais peut-être voulu t'avoir deux fois. Tu sais comment je suis…

En fait, non, je ne sais pas.

— Tu aurais commencé à être fatiguée, et moi à trouver qu'il y a trop de monde dans la maison.

— Voyons...

— Tu te serais mise à faire la fille, et moi à faire le gars.

— Tu penses ?

— Je ne t'aimerais pas comme tu es là, Lyne. Une mère inquiéteuse, quelqu'un qui se donne un élan pour être vieille longtemps.

— Mais... avec toi ?

— Avec moi, tu aurais probablement vieilli de la même façon et moi je m'en voudrais de t'avoir laissée faire.

— Pis toi ?

— Moi, j'arriverais à mon âge toujours aussi incapable de savoir ce que je veux, d'accomplir quoi que ce soit. Avec la honte, en plus, de ne plus te baiser comme tu le mérites.

Je ne connais pas assez Lyne pour deviner à quoi elle pense lorsqu'elle ne parle pas.

— J'aime quand même nous imaginer, dit-elle.

— À quel âge nous vois-tu ?

— Maintenant. À nos âges.

— Garde ton chum, Lyne.

— Ben oui, je garde mon chum. La question n'est pas là, elle n'a même jamais été là. Quand mon chum m'énerve, je ferme les yeux, mais je n'imagine pas que ça pourrait être toi.

— Je t'énerverais aussi, des fois.

— Je le sais ! Et quand il est merveilleux, mon chum, je ferme les yeux et je me dis qu'avec toi je n'aurais jamais eu ça, cet amour-là, sous cette forme-là. Martin te vaut bien, j'espère que tu n'en doutes pas.

Parler n'est pas si intéressant. Surtout à deux, surtout quand c'est chacun son tour, quand il faut considérer les deux côtés de la médaille. On finit par tourner en rond, par admettre qu'on a tous raison. Et un peu tort.

Il ne faut pas parler à celles qui aiment être comprises ni avoir de conversation avec les gens qui se croient intelligents ni débattre avec ceux qui se savent cons et ont peur d'être démasqués. Il faut éviter de parler d'amour à quelqu'un d'autre qu'à soi-même.

— Remplacer trois ans de ta vie avec Martin par trois ans avec moi n'aurait rien changé.

— Moi non plus, je n'aurais rien changé à ta vie. Tu aurais quand même vieilli, arrondi, ralenti… Mais je reste avec l'impression d'avoir manqué quelque chose.

— Tu as manqué de me voir tout nu, de m'avoir dans tes bras, dans ton lit, t'as manqué d'avoir touché, senti, léché une personne de plus.

— Pourquoi as-tu commencé à en parler ? Pourquoi parles-tu comme ça, maintenant ?

— Je ne sais pas. Pour dire que ça aurait été possible.

— Mais pourquoi ?

— Pour que ce soit dit.

— Non, ce n'est pas ça. Il y a quelque chose de nouveau. Tu changes, peut-être…

Je ne sais plus à quel point j'ai répondu : « Quelqu'un comme toi dans ma vie » à la caissière de chez

Bureau en gros qui m'a demandé s'il me manquait quelque chose ; à quel point j'ai dit : « Que tu meures d'ennui, au bout de ton souffle humide » à un collègue qui me demandait ce qu'il pourrait faire pour moi, pendant mon congé ; à quel point j'ai dit : « Tu entres n'importe quand et tu te sers de tout ce qui te tente » à la voisine qui me demandait si elle pouvait m'emprunter un outil ; à quel point j'ai dit : « Rien » à la collègue, à l'amoureuse, au voisin, à la mère, à la fille qui me demandaient ce que je voulais, à quoi je pensais, ce qui me ferait du bien...

Lyne me dit :

— Tu parles mal, tu parles comme quelqu'un qui manque de pratique.

À Martin qui arrive avec les enfants et nous demande de quoi nous parlions, Lyne répond :

— De rien, de la vie.

Depuis que j'ai cessé de travailler, Lady Chatterley vient me voir le jeudi. Pas tous les jeudis, un sur deux, ou un sur trois, parfois deux jeudis de suite et alors, ce deuxième jeudi, je sais que je peux lui faire l'amour dès qu'elle entre. Quand elle n'est pas venue depuis trois semaines, nous nous assoyons dans la cuisine. J'ai fait un effort pour dégager les comptoirs, laver les portes d'armoires, balayer. Je prépare du thé. Tout est en ordre et maîtrisé quand elle vient, mais j'insiste pour que nous utilisions comme sous-verres les pages errantes d'*Anna Karénine*. On pourra les lire ou ne pas les lire. Je ne les choisis pas.

Elle croit que je laisse traîner ces feuilles en son honneur, elle croit qu'*Anna Karénine* est là pour elle et que je laisse flotter ces pages dans ma maison dans l'espoir qu'elles m'enveloppent de sa présence pendant qu'elle est ailleurs, suant sans doute du sable, elle aussi, faisant des flèches sur la tablette de sa petite famille.

Quand on dit, quand on lit « Karénine », il s'agit de l'homme : Alexis Alesandrovitch Karénine. Karénine ne veut pas s'abaisser à être jaloux ; ce sentiment est indigne de lui. Karénine ne veut pas questionner sa femme sur ses amours ; les inquisitions sont dégradantes. Karénine croit que son rôle de mari et de chef de famille lui commande de rappeler à Anna ses devoirs de mère et d'épouse qui sont de préserver sa réputation et celles de son mari et de sa famille. Anna est une personne publique. Les gens voient, ils parlent, et ce que les gens savent et disent concerne Karénine. Anna est seule, aussi, et ce qu'elle ressent, ce qu'elle désire, est circonscrit dans une sphère où il n'y a qu'elle, et sa conscience, et Dieu. Karénine ne veut pas entrer là, Karénine croit qu'il est inapproprié, qu'il serait indécent de sa part de s'immiscer dans l'univers intime des tourments de sa femme.

Lady Chatterley ne me demande jamais à quoi je pense. Elle étale un papier mouchoir sur le sperme qu'elle m'a fait répandre. Elle appuie délicatement, une tache se forme, comme un dessin. Déployant l'imprimé devant mes yeux, elle me demande : « À quoi ça te fait penser ? » À des montagnes, habituellement, parfois à des insectes ou des chapeaux. Elle, elle voit des lacs de sperme sur la carte topographique d'un grand désert.

Le jeudi est passé, j'ai d'autres journées à remplir, parce qu'elles sont vides. J'aimerais m'intéresser aux buissons et aux plates-bandes, je voudrais que les haies m'attirent. Je pourrais ramper sur la terre, arracher avec mes dents la mauvaise herbe ; je pourrais brandir le sécateur et le taille-haie dans le seul but de créer de l'ordre, et du propre, et du beau. Mon voisin serait content. Ma voisine pourrait suivre le déploiement de mes forces, assommer son regard sur la masse large de mon dos, ou se perdre carrément à l'intérieur de mon derrière relevé. Je ne peux pas travailler dehors sans croire que le voisinage entier me contemple, à moitié fier de mes efforts, à moitié folle de désir. Quand je lave une vitre ou une porte d'armoire, j'imagine, comme à la radio, les remarques enthousiastes d'un commentateur sportif. Je croyais que sans travail, la vie serait plus silencieuse. Non. Même seul, j'entends des voix. Toutes les femmes, tous les autres, toute la ménagerie de mes collègues et amis jusqu'ici me poursuit.

Dans la ville qui porte mon nom poussent des usines, des magasins. Je n'ai qu'à aplanir le sol, acheminer l'eau et l'électricité, voilà que s'implantent commerces et industries. Je construis des routes pour voir circuler les voitures. Pendant deux ou trois heures, pendant une nuit entière, je reste devant mon ordinateur à regarder l'écran se peupler, à mesurer le crime, l'éducation, la culture... à tâter le pouls d'habitants que je ne possède pas vraiment, qui ne me consolent pas vraiment, et d'aucune peine précise. Puis je quitte mon bureau pour marcher dans la maison, toutes lumières éteintes.

Je me demande ce que fait Lyne, la nuit. Peut-être se met-elle encore des compresses sur le front, peut-être oblige-t-elle son chum à dormir au salon pendant qu'elle caresse ses insomnies. Elle les passe à lire des livres de sociologie, des études sur le couple et le travail. Lyne, la nuit, c'est quelqu'un d'autre, à ce qu'on dit. Et je me demande si ce n'est pas là que j'aurais été vraiment utile, dans sa peur, dans ses douleurs ; je me demande si être utile, ce ne serait pas prendre une fille comme elle et lui redonner le sommeil.

Quand j'ai fini de l'imaginer, quand je suis tanné de construire des villes, d'entendre des voix et de nourrir des pensées, je m'étonne parfois de trouver une femme dans mon lit. Quelqu'un que j'aime et à qui j'ai cessé de contribuer.

*

Faut-il croire que je m'habitue ? Quand, au téléphone, j'ai demandé une personne qui porte mon nom, quand la voix qui était presque la mienne s'est fait entendre, je n'ai rien ressenti. Rien d'autre que le soulagement de ne pas être observé. Quelqu'un pourrait penser que je cherche à m'atteindre. Quand j'ai dit : « Bonjour, c'est Patrick Nicol », mon interlocuteur n'a pas ri ou fait de plaisanterie. J'imagine qu'il souriait ; sa voix était enjouée. Il a dit : « Salut, je suis content. »

Je m'étais nommé ; j'avais accompli ma part du travail. Maintenant, je ne savais plus quoi dire.

— Vas-tu venir me voir ?

— Je veux bien.

— Tu sais, j'aimerais vraiment que tu me voies, que tu me regardes faire.

— Je ne comprends pas.

— J'aimerais que tu viennes au cégep, que tu me regardes travailler. Juste quelques heures, une demi-journée. J'aimerais travailler pendant que Patrick Nicol est là, devant moi, à me regarder. J'aimerais aussi que ça te fasse plaisir.

— Bon. Quand ?

— Vendredi, je donne un cours sur Victor Hugo. Je l'aime bien.

— Tu aimes Victor Hugo ?

— Non. Mon cours... Je voulais dire : j'aime bien mon cours sur Victor Hugo. La semaine prochaine, c'est Flaubert, si tu préfères.

— *Madame Bovary* ?

— Oui.

— Je crois que je vais attendre *Madame Bovary*.

— Ça ne me surprend pas.

— J'aimerais ça, je pense, être assis en silence à regarder quelqu'un qui porte mon nom parler d'Emma Bovary. Quel âge ont tes étudiants ?

— Dix-sept, dix-huit ans.

— Des gars ? Des filles ?

— Surtout des filles. Mais ne va pas imaginer...

— Non, je n'imagine rien.

Lady Chatterley aime que je la regarde. Quand elle met de l'eau à bouillir, quand elle dérange les livres alignés sur les tablettes, elle le fait avec des gestes grands et lents et avec, dans le coin de l'œil, un petit souci pour moi, pour que je sois bien là et bien placé pour voir la jambe qui s'étire, les hanches qui tournent ; quand elle se penche, elle ne peut faire autrement que de tourner la tête vers moi. Quand elle est nue, tout à fait nue dans mon lit, je m'assieds à ses côtés, sans la toucher. Alors elle n'en peut plus, elle n'endure pas, elle ne tolère pas à quel point je la regarde et s'il fallait y croire, ce serait cette fois-là ; s'il fallait croire que les yeux lancent des rayons qui caressent le contour des formes, ce serait pendant qu'elle est ici, à côté de moi, à regarder à quel point mes yeux sont ouverts sur elle. « Tu me regardes tellement bien », dit-elle. Alors, je suis content. Je suis un peu fier, aussi, d'obtenir d'elle tout ce trouble, sans avoir à dire, à écrire quoi que ce soit.

Ma fille donne de grandes claques à ses cheveux longs ; les couettes se balancent. Elle se tient de trois quarts, devant le miroir. Cette pose… On la dirait épiée. Ce n'est pas elle qui se contemple, mais quelqu'un dans le miroir qui l'examine. La porte de la salle de bain est ouverte. Il est pour moi, finalement, le geste élégant, le léger bercement des cheveux qui dure encore un moment. Quand elle entre dans la cuisine, elle aimerait que nous parlions de sa blondeur ou du bleu de ses yeux ; je la questionne plutôt sur le vivarium et ça lui déplaît un peu.

— Finalement, on va prendre les coccinelles, c'est plus simple. Il y en a plein la maison de Corinne, dans les craques des fenêtres. On a juste à prendre un mâle et une femelle, on va les mettre ensemble dans un bol pis elles vont faire des bébés.

— Comment on reconnaît un mâle coccinelle d'une femelle ?

— On regarde en dessous.

— Mathilde a fait quoi, elle ?

— Une maison pour les fourmis.

— Un tas de sable dans un bocal ?

— Non. C'est super tripant. Il y a une vitre et on voit tous les chemins des fourmis. Martin l'a faite. Elle est super chanceuse.

Après le souper, je lis la lettre du professeur qui m'apprend que je pourrai visiter le vivarium après-demain. Je développe un intérêt soudain pour les coccinelles.

Une autre forme simple de récit s'intitule « apprendre à connaître ». Passer de l'inconnu au connu. Une femme, par exemple, qui travaillerait en ville. On la croise depuis des années, mais on ignore qui c'est. Il y a trois ou quatre belles filles dans cette ville. En fait, il y en a 343, mais des femmes belles depuis longtemps, belles année après année, quand on les a croisées dans l'autobus du temps de l'université, et qu'on a retrouvées, belles encore, dix ans plus tard, il y en a trois ou quatre, peut-être douze.

Elle travaille maintenant dans une librairie ou alors à la bibliothèque municipale. Vous ignorez son nom, mais elle connaît le vôtre. Il y a peut-être trois écrivains dans votre ville. Et c'est curieux parce qu'elle est belle, elle est grande, ses bras semblent fins, elle a de vraies mains de femme... elle est presque élégante tant elle est féminine et son dos et sa tête se tiennent droit comme des objets précieux. Ce qui est curieux, c'est qu'elle sache votre nom : entre vous deux, elle seule mérite l'attention.

Après quelques années, on en vient à se sourire. C'est un peu long, mais après trois, quatre ans peut-être, on développe cette reconnaissance mutuelle. Et puis un jour, comme ça, on entendra le son de sa voix. Un salut, peut-être, en se croisant dans la rue, ou dans la foule un peu dense d'un spectacle. Elle travaille donc à la bibliothèque, vous le savez depuis l'année dernière, mais il y a plusieurs comptoirs et des dizaines d'employées, elle vous sourit, parfois, parfois même de loin, mais vous n'avez jamais encore eu affaire à elle.

Que savez-vous ? Qu'elle a peu de seins, qu'elle porte du beige, souvent, et souvent du coton ou de la laine. À bien y penser, vous ne l'avez jamais vue en robe ou en jupe. Voilà. On ne sait pas comment c'est arrivé, mais vous pensez à elle.

Puis, un jour, elle est seule au comptoir et vous en profitez. Une amende à payer. Vous échangez avec elle de la monnaie. Vous ne savez encore rien d'elle, pas même son nom. Puis, pour vérifier, pour savoir si ce que vous pensiez de ses seins était vrai, vous baissez les yeux. Vous voyez son nom sur une épinglette.

L'histoire des avances, des premiers pas, c'est une autre histoire et celle-là presque une aventure. On n'en parle pas aujourd'hui, je parle de ce qu'hier nous était étranger et qui bientôt nous sera familier.

Il n'y a qu'une initiale pour le prénom. Le C. sera Catherine ou Christine, c'est indifférent. Deux noms qui vous plaisent. Certaines choses, vous ne pouviez pas savoir : qu'elle a une façon de rire en parlant qui rappelle une tante que vous aviez, qu'elle fume la cigarette, mais seulement trois ou quatre par jour, le soir. Elle porte des lentilles. Tout ce temps, vous ne le saviez pas. Ni qu'elle préfère les sous-vêtements blancs et simples, du coton, encore, et quand vous mettez pour une première fois la main là, cette douceur s'accorde avec celle de ses cheveux, avec une certaine façon qu'elle a de fermer les yeux, vous reconnaissez plus tard cette douceur et ce qu'il faut bien appeler l'harmonie quand dans une seule image vous voyez ses joues, ses mamelons, sa culotte et un coussin qu'elle a posé sous sa tête pour fumer.

Sa peau, bientôt, vous la connaissez. Et la disposition des aliments dans son frigo, et ce qu'elle a choisi d'empiler au pied de son bain et sur la cuve de sa toilette. Vous reconnaissez dans sa garde-robe un chemisier, des souliers, vous êtes étonné par les livres dans sa bibliothèque, un peu déçu de ne pas y voir les vôtres. Vous la connaissez, maintenant, c'est irréparable... Quand elle marche de l'autre côté de la rue, quand elle attend derrière son comptoir, il y a là, désormais, quelqu'un que vous connaissez.

Un autre récit : « gâcher ». Prendre quelque chose de beau et le spolier. C'est une histoire rare. La plus fréquente : « s'habituer ». Cesser de s'étonner devant tant de beauté.

Je n'ai pas dit à Lady Chatterley que j'avais une nouvelle amante. Elle devine. « Je n'ai pas, dit-elle, le droit d'être jalouse. »

Nous aimions, au Séminaire, les histoires de sexe. Je me rappelle celle-ci qui est une autre histoire de remplissage : un homme fait naufrage sur une île déserte avec six femmes. Pour que tout le monde soit content, il est décidé qu'il fera l'amour avec une femme différente chaque jour. Le dimanche, il a congé. Ça marche comme ça pendant toute une année, mais l'homme commence à s'épuiser et les femmes à s'ennuyer. Un jour, un bateau coule à l'horizon et on voit quelqu'un qui s'approche à la nage. Les femmes, heureuses, s'écrient : « Un homme ! » Le premier naufragé est content, il s'émeut lui aussi : « Un homme ! » Le nouvel arrivé, atteignant la rive, regarde les habitants de l'île et dit à son tour : « Un homme ! » Le premier comprend alors que son dimanche est foutu. Sept cent cinquante gars qui, à l'heure de l'éducation physique, portaient tous le même short rouge, le même t-shirt jaune serin... Sept cent cinquante garçons qui ensuite prenaient leur douche ensemble... Il nous fallait des histoires.

*

D'abord il n'y a rien, puis le menton est couvert de mousse. Le rasoir à nouveau libère chaque parcelle de peau. Puis il y a les poils couchés du tapis qu'un à un l'aspirateur redresse. Je me fais des histoires. C'est le comptoir maintenant qui perd ses occupants. Vider, remplir le lave-vaisselle. Des histoires simples. Il pleut. Tant pis pour le récit de la pelouse. Couvrir mon corps des vêtements appropriés. Et partir. Quitter tout à fait le connu en espérant qu'ailleurs aussi les histoires seront simples.

C'est toujours un peu gênant. Les enfants disposent n'importe quoi sur des tables et l'entourent de papier coloré. Chaque année, la même gêne devant l'étalage qui n'attend que l'acquiescement des parents. La maîtresse d'école a la moitié de votre âge. Impossible de rire à cette idée. Il existe des jeunes filles ayant l'âge d'éduquer votre enfant. Elles lui font déplacer des meubles, désirer des insectes, et quand on se présente le matin, elles sont prêtes, propres et lisses dans leur peau de jeune fille, portant des vêtements qui sont au-dessus de vos forces. Aucune forme, jamais, ne s'est présentée devant vous enveloppée de tant de fermetures éclair, d'autant de poches, dans un tel bruit de plastique froissé que vous croyez pour un temps qu'elle émerge du Saran Wrap quand elle s'approche pour vous dire :

— Bonjour.

— Bonjour. Je suis le père de...

— Je sais. Et vous écrivez des livres. Je sais que vous travaillez en face, aussi...

Elle fait un geste en direction de l'édifice où je ne vais plus. Elle, elle travaille, et semble bien s'en porter. Aucune histoire ici, aucun projet de désir.

Martin ne me salue pas. Il est dans un coin, soufflant dans un tuyau de plastique transparent, l'air absorbé dans l'examen d'un aquarium ouvert à ses côtés.

— Tu n'étais pas censé t'occuper des fourmis, toi ?

C'est la maîtresse qui répond :

— Martin me donne un coup de main. Il y a toujours des petits ajustements de dernière minute.

J'ignore ce que voient nos filles en entrant. La maîtresse s'est approchée de Martin, qui porte une chemise et un pantalon propres. Il chuchote quelque chose à propos d'un crapaud dont le bocal aurait besoin d'un couvercle. *Un truc qui laisse passer l'air.* Quand elles s'approchent, les filles ignorent que Martin ne m'a pas encore adressé la parole. Moi aussi, j'ai fait un effort pour l'habillement, mais qui le remarquera ?

Quand ma fille me montre deux coccinelles dans le bol de plastique que la maîtresse a fait mettre dans un coin, quand elle lit pour moi l'affiche où il est écrit que la coccinelle est un insecte utile parce qu'il se nourrit de pucerons, elle n'est pas fière, elle n'a pas honte non plus. Nous nous tenons devant le petit espace occupé par ses bricolages. Martin ne nous regarde pas. Ma fille aime le dessin qu'elle a fait d'un plant de pommes de terre, elle me lit sa petite liste : bibitte à patate, bête à bon Dieu. Quelqu'un, ici, devrait être mal à l'aise. J'ignore qui. J'ignore si c'est une question d'amour ou de travail.

Martin a trouvé une raison pour s'inquiéter de la salamandre apportée par l'équipe des gars. Il entraîne la maîtresse à l'écart pour lui en parler. « En tout cas, t'es bien fin, » dit-elle. Ma fille attend que je parte pour aller jouer avec ses amies.

Lyne est-elle plus belle ? Les journées sont plus chaudes ; elle a travaillé dehors. Elle me fait une bise lente et reste presque immobile contre ma joue. Son visage est mouillé, elle a les mains pleines.

— Je pense à toi, nue.

— T'es pas reposant.

— C'est vrai, j'ai pensé à ça aujourd'hui.

— Moi aussi, je pense à moi, nue, debout dans ta maison, devant une fenêtre. Ça aurait pu.

— Je me demande ce qu'on a perdu. Avant, cette image n'existait pas. Maintenant qu'elle y est, c'est plutôt le vide, l'absence qu'on ressent.

Elle est belle avec ses mains sales, des traces de terre sur le front. Ce bien-être-là, pourquoi l'atteint-elle si rarement, et justement comme ça : seule chez elle à jouer dans les fleurs ? Elle n'a pas pu aller à l'école aujourd'hui applaudir les efforts de sa fille.

À Lady Chatterley, j'ai dit :

— Je pense à toi, nue.

Elle a répondu :

— Pense tant que tu veux, mais je connais une activité plus simple. Dis-moi où, dis-moi quand, donne-moi deux jours pour préparer une belle menterie et je vais me montrer à toi, toute nue, et ce ne sera qu'un début.

— Ce serait aussi simple, tu crois ?

— Avec moi, avec mon corps, oui, ce le serait.

Ensuite, elle a dit :

— Tu as beaucoup parlé aujourd'hui. Des paroles considérables sont sorties de toi. Je te remercie.

— Ça ne veut pas dire que je vais agir.

— Oh ! je sais. Et si tu continues à parler, les mots finiront par remplacer les gestes que tu n'oses pas poser. Rappelle-moi : pourquoi, donc, te retiens-tu ?

— Parce que j'ai une blonde, je crois.

Je n'ai pas dit à ma collègue :

— Je pense à toi, nue.

— Ben voyons...

— Je t'imagine comme tu es, assise là, mais nue.

— Oui, oui, je connais le truc. Quand quelqu'un t'impressionne, ou si tu veux te sentir moins nerveux, tu imagines que l'autre est tout nu ou tu l'imagines en train de baiser.

— Je ne parle pas d'un truc connu et qui nous fait rigoler. Je te dis ce que je suis en train de faire. Je t'imagine nue, en ce moment, et d'ailleurs assez souvent.

— Pourquoi tu dis ça ?

— Je ne sais pas ce que nous aurions de plus intéressant, de plus important à nous dire.

— Nous pourrions parler de ce travail, par exemple, de ce document bâclé qu'il faudrait que quelqu'un reprenne, refonde... cette merde reliée et brochée qui me rend malade rien que d'y penser... Tu ne dis rien ?

— Non.

— Vraiment... Je ne comprends pas pourquoi tu n'es pas plus inquiet, pas plus suffoqué. Regarde : *cette phrase ne devrait pas être en italique*. »

Je n'ai pas dit à ma fille :

— Je t'imagine nue.

— Papa...

— Non... c'est vrai. Je me demande si tu commences vraiment à avoir des seins, comme il me semble... si tu commences à avoir des poils au pubis.

— Oui ?

— Cela voudrait dire que tu entres dans le monde de la sexualité. Un monde dans lequel je suis et dont nous pourrions parler.

— Moi, papa, je ne t'imagine pas tout nu. Je le faisais peut-être à cinq ans, six ans, mais maintenant, ça ne m'intéresse plus.

— Je sais, ça va, ça vient... enfin, j'imagine. Un jour tu verras à quel point... quelle part de mes comportements est liée à la sexualité.

— Et si ça ne m'intéresse pas ?

Lyne me répond :

— Tu sais, ça nous manquera toujours. Toutes les personnes qu'on n'a pas vues nues, qu'on n'a pas touchées. D'avoir si peu baisé avec si peu de gens. Ça m'apparaîtra toujours comme une erreur, un dérèglement. Mais on arrive quelque part, et d'une certaine façon. J'ai quarante ans, je suis assise dans ma cuisine en attendant mon chum et ma fille et ça me semble presque normal d'avoir été si peu touchée, d'avoir été bien aimée pendant six mois, puis endurée pendant deux ans, d'avoir trouvé un nouveau chum qui m'a bien aimée pendant deux ans avant de commencer à m'oublier, à me faire un enfant et à m'oublier, à m'appeler pour me dire qu'il peut passer à l'épicerie avant de rentrer et à m'oublier, dans le fond, à juste souhaiter que je n'aie besoin de rien, ou alors seulement d'argent et de pain, pour ne pas être obligé de recommencer à bien m'aimer. Je suis assise devant un homme qui lui aussi aurait pu m'aimer et arrêter de le faire, ou qui pourrait, pour six mois, m'aimer comme je le veux et me faire un peu l'amour, un peu comme il faut... et j'y renonce et je ne peux pas dire exactement pourquoi.

C'est Mathilde qui entre en premier. Elle court se jeter dans les bras de sa mère. « J'ai gagné, dit-elle, c'est moi qui avais le plus bel exhibit. » Et elle serre dans ses bras sa mère pour déclencher les gestes de congratulation. Ma fille entre derrière, lente et silencieuse, s'assied sur moi, glisse son nez dans mon cou. Martin entre le dernier, un peu étrange dans ses beaux vêtements.

Il n'y a que Lyne et Mathilde pour vouloir parler du vivarium. J'ai commencé à couper les légumes, Martin taponne la viande dans son coin. J'entends le claquement de ses paumes sur les boulettes et me demande à quoi il pense. Les carottes à trancher, les céleris à fendre ne m'inspirent rien.

Lyne dit :

— Dans notre temps, on ne faisait rien de concret à l'école. Il me semble qu'on était toujours assis devant quelqu'un qui parlait alors que les jambes nous démangeaient. Tu devais trouver ça dur, l'école, toi, Martin... t'as toujours envie de bouger !

(Rien n'est dit sur moi qui, semble-t-il, devais bien vivre l'immobilité.)

— Ce qui est le fun avec Suzie, c'est que, des fois, elle nous laisse parler. (Ma fille s'est intégrée à la conversation.) Elle nous dit de parler entre nous autres pendant qu'elle fait son ménage ou qu'elle regarde par la fenêtre.

Mathilde continue :

— Oui. Puis elle nous laisse amener des livres à notre place. Les autres profs voulaient toujours qu'on reste dans le coin lecture.

Je dis :

— C'est une bonne maîtresse. Trouves-tu, Martin ?

Lyne répond :

— Oui, il l'aime bien.

Martin n'a pas quitté la viande des yeux. Il a acheté du vin. Dès que la conversation est repartie, il débouche la bouteille. Je crois qu'il m'évite et je le comprends. Nous n'aurons jamais cette complicité. « Martin, je pense à ta blonde toute nue. Et toi, à quoi penses-tu ? » Faut-il vraiment tout dire ?

*

Lady Chatterley aime parler de moi, de mes poils, de mon dos... Je pourrais dormir au son de sa voix lorsque d'un même élan elle touche et nomme les parties de mon corps. Petit relevé géologique. Tibia, genou, cuisse. Soudain, sa main mollit, comme vide.

— Ils ont parlé de toi aujourd'hui.

— Qui ça ?

— Tes collègues, au dîner. Ils ont parlé de toi, devant moi, sans soupçonner qui je suis vraiment.

— Qu'est-ce qu'ils ont dit ?

— C'était le petit rond qui parle tout le temps et son amie… tu sais, celle qui ne regarde que par terre, celle qui marche la tête baissée et ne lève la tête que pour étirer le cou, le tordre et se plaindre.

— Oui. Je sais qui.

— Elle, je pense qu'elle m'a saluée deux fois en cinq ans.

— Mais ils disaient quoi ?

— Ils parlaient d'un dossier, d'un rapport dont tu devais t'occuper. Comme s'ils étaient seuls, devant moi qui couche avec toi.

— Qu'est-ce qu'ils disaient ?

— Tu sais, j'aimais surtout les regarder agir comme si je n'étais rien… ils sont vraiment bons là-dedans. Ils se motivaient l'un l'autre, c'était comme une compétition d'indignation.

— Et ils disaient quoi ?

— Je ne sais pas vraiment.

Savoir et parler, parler et savoir, les deux ne sont pas liés. Chez certains, le désir de parler dépasse la capacité de savoir ; chez d'autres, c'est l'intérêt qui manque. On veut parler avant d'avoir compris. J'ai l'impression parfois d'avoir travaillé dans un poulailler, dans un moulin à vent, dans un bain dont l'eau fuyait en tournant ; j'ai l'impression d'avoir travaillé dans une porcherie en feu au temps de l'Inquisition.

C'est une vieille histoire, une histoire vieille comme le monde, du temps où le monde était plat, plat et petit. Un homme bruyant se tient au centre du monde connu et parle, parle. Il remplit la sphère ; bientôt on manque d'air. En gesticulant, il produit des vents violents qui vous repoussent aux confins des terres. Le monde est plat ; vous tombez en bas. J'ai l'impression d'avoir travaillé dans une arène de coqs, dans une essoreuse, dans une laveuse qui tardait à constater son déséquilibre.

Je dis à Lady Chatterley :

— Tu sais, c'est ce dossier, ce travail, ce sont ces plaintes qui m'ont jeté en bas du monde et précipité dans tes bras. Tu sais, un jour, on n'en peut plus d'entendre des voix, de sentir son nom vibrant dans l'air ; on ne supporte plus d'être bombardé de pavés de bonnes intentions et il devient pressant, impérieux, excessivement urgent que quelqu'un baise la plaie, bèque le bobo, suce le Monsieur pour qu'enfin il trouve une sorte de repos.

La femme au long cou sortait de mon bureau lorsque tu es entrée pour me demander ce que je ferais si j'étais libre, si tu étais libre... ce que nous ferions si aucun de nous deux n'avait d'amoureux, et j'ai répondu : je passerais la journée avec toi, dans une ville inconnue. En Nouvelle-Angleterre, par exemple, une ville avec des boutiques au bord d'un lac, ou un village breton, tiens, à surprendre les derniers sons d'une langue qui s'apprête à mourir. Et c'était ça, c'était exactement ça que tu voulais entendre. Je ne suis pas un imbécile, j'ai quelques capacités, dont celle de faire ramollir les filles comme toi. Je peux faire ça. J'ai parlé d'une chambre aux murs en bois, d'une robe de chambre en coton blanc, d'une femme de chambre discrète qui, à 9 h 30, apporterait du vin blanc et froid, j'ai évoqué des dizaines de petites choses à moi étrangères, mais propres à te faire rougir, t'alanguir, te faire sortir ton agenda. Je voulais tant réussir quelque chose, et je savais que s'il advenait que je te déshabille, tes faiblesses et mes caresses et les cris ravalés de ta douce détresse répareraient tous les torts par moi subis et d'autres encore, parce que d'autres étaient à venir, sûrement. Cette femme venait d'arrêter de m'engueuler, de quitter la chaise où tu t'es posée comme un soupir. J'ai décidé alors que je finirais par te baiser, mais plus tard, quand je serais moins occupé.

Lady Chatterley me dit :

— Un jour, peut-être, je te raconterai ce qui, moi, m'a poussée vers toi. Pour ça, il faudra que ça t'intéresse.

Alexis Karénine ne veut pas savoir. Il voit une zone interdite, il imagine une frontière ; il ne la traversera pas. Ça s'appelle pour lui le cœur, la conscience de sa femme. Il refuse d'aller là, ça ne le regarde pas. Cette attitude serait intenable aujourd'hui. Tout, de nous, concerne la personne qui nous caresse et tout, à propos d'elle, doit nous importer. Quand on ne parle pas, quand on ne la questionne pas, on est tout à fait ingrat.

Le corps d'une femme, c'est comme la pelouse. Il faut passer partout, même au pied des clôtures, même autour du buisson, même à l'heure du souper si le bruit dérange les voisins, même quand il y a un bon film à la télé. Et puis, contrairement aux terrains, les femmes ont deux côtés. Il faut se le rappeler et de temps en temps les retourner. S'occuper du derrière du genou, du dedans du coude. Quand elles reposent sur le ventre, il faut tailler les bordures de leur talon d'Achille. Souvent, on oublie, on perd ce souci du détail et alors un travail d'importance reste inaccompli. Quelqu'un vient le faire pour vous ou vous partez vous-même le faire ailleurs. Une histoire simple, celle-là aussi. Négliger, oublier, et une femme qui se demande si elle doit, si elle souhaite vous le rappeler. Oublier la personne qu'on aime. Plus souvent qu'on oublie le gazon, plus souvent qu'on oublie la voisine, plus souvent qu'on oublie les rustres et les beautés avec qui on travaille. Se rappeler et revenir, c'est possible, aussi. Plus fréquent : se perdre entre le bureau et la maison.

*

Je n'étais pas entré dans un cégep depuis longtemps. J'avais oublié à quel point c'est plein de monde, et à quel point ce sont des enfants. Les garçons sont longs, étirés, et leurs mains énormes frôlent leurs genoux quand ils marchent. Ils portent des souliers qu'on dirait conçus pour courir dans l'espace, mais ne les attachent pas. Un peu d'apesanteur et ils en sortiraient, flottant nu-bas sous les tuiles acoustiques du plafond. Les filles, elles, portent des souliers aux semelles énormes d'où elles ont peur de tomber. Elles marchent le dos arqué, les bras tournoyant pour garder l'équilibre. On dirait des débiles légères, des accidentées de la colonne sorties d'une sécheuse où leurs vêtements auraient rétréci. Tous portent d'énormes sacs à dos qui encombrent les passages.

J'arrive à l'heure précise où je suis attendu. Le bureau est fermé, j'entre et trouve là un homme en train de fumer, debout devant la fenêtre. Il dit : « Je ferme la porte pour fumer, parce que c'est interdit. » Il se tourne vers moi, prend une dernière bouffée, sourit, se retourne pour rejeter la fumée par la fenêtre ouverte derrière lui, s'assoit, étire les jambes et les pose sur un tiroir ouvert de son pupitre. Quand il éteint sa cigarette, je remarque que le cendrier était propre.

Patrick Nicol me dit qu'il a lu tous mes livres. *Forcément, à cause du nom.* Il se met à en parler, facilement, mieux que je ne le ferais. Comment en vient-il à me les raconter ? Croit-il que je ne les ai pas lus ? Tous ces gestes, ce débit, on dirait un discours préparé... Sans doute veut-il créer une bonne impression. Je le soupçonne de ne pas avoir aimé mes livres.

On frappe, la porte s'ouvre, une jeune fille entre. Sans doute s'appelle-t-elle Mélanie.

— S'cuse.

— Oui, Karine ?

— Qu'est-ce qu'on fait, aujourd'hui ?

— *Madame Bovary.*

— Est-ce que c'est bien important ?

— Je te l'ai déjà dit : faut pas me demander si c'est important. Est-ce que *Madame Bovary* est importante dans la vie ? L'est-elle pour moi, pour toi ? Est-ce que c'est important que tu réussisses tes cours, que t'apprennes quelque chose... est-ce que tu devrais passer deux heures enfermée avec *Madame Bovary*, à penser à autre chose qu'au dépanneur où tu travailles, à ton chum, à la fin de semaine qui s'en vient ?

— Je veux savoir si on va perdre des points.

— Non, Karine, tu ne perdras pas de points. Pis tu vas revenir demain me demander ce que tu as manqué.

— Merci.

Elle est sortie. Patrick Nicol me dit :

— Je ne les laisse jamais se défiler sans leur faire la morale. Ils le savent. Certains arrêtent de venir et c'est tant mieux, d'autres se mettent à venir plus souvent.

— Ils aiment peut-être juste t'entendre parler. Et la façon dont tu la regardais, elle... une jeune fille peut aimer ça, elle peut venir ici juste pour ça.

Lady Chatterley me demande :

— Et moi, qu'est-ce que j'ai à faire là-dedans ? Ta chute, ton corps... je comprends... il te fallait une femme à baiser, mais pourquoi est-ce moi ? Qu'est-ce que j'ai, moi, qui fait que je sois là ?

Catherine me demande aussi, parfois, de parler d'elle :

— Dis-moi ce qui t'a fait me désirer si longtemps ? Quelle est cette image que tu avais ? Je la veux, je voudrais me voir belle comme tu m'as vue. Je voudrais que d'être aussi belle soit à jamais un droit pour moi et que ce soit un devoir, pour les autres, de me considérer telle.

Ma fille veut savoir quelque chose qu'elle n'arrive pas à nommer. Un sentiment d'étrangeté, une distance. Il est étrange d'être elle, croit-elle, inhabituel. Les autres, on les croirait *dans la vie*. Elle les voit actives, souriantes, on les dirait débrouillardes, participantes. Les autres semblent animées d'un courant qui ne la rejoint pas, elle. Ce n'est pas exactement ça. Elle dit :

— Les autres ont l'air mieux.

Je lui demande :

— Veux-tu dire meilleures, ou plus à l'aise ?

Elle ne sait pas :

— Mieux.

Si je lui dis :

— Moi, je te trouve correcte.

Ça va. Ça suffit encore.

Pour consoler ma fille, je n'ai qu'à la regarder, je le sais, m'intéresser à elle pendant une demi-journée et ce sera fait : le centre du monde glissera pour se retrouver en elle. Elle fera tourner ses couettes, elle dansera en attendant ses toasts, rassurée sur le fait que sa présence dans l'univers ne compte pas pour rien.

Quand Lady Chatterley m'a dit : « J'ai su que tu avais écrit des livres », c'est peut-être là, c'est peut-être aussi comme ça que je suis tombé dans ses bras. Seule une personne que je ne connaissais pas pouvait déclencher l'inventaire de mes êtres et de mes avoirs, s'émerveiller d'apprendre ce que tous savent déjà à propos de moi : les livres que j'ai lus, l'école où j'ai étudié, cette manie que j'ai de faire des livres avec ce qui ne m'est jamais arrivé.

Quand elle a dit : « Je n'y crois pas, je n'en reviens pas que tu m'aies cité *Anna Karénine* », elle croyait sans doute que j'aurais pu aussi lui citer *Le docteur Jivago* ou *Salammbô* ou *Le Père Goriot*. Elle ne se doutait pas que je lisais justement ce livre-là, à cette époque-là, rien d'autre, et que ces pages sèches me restaient dans les mains avant de s'envoler dans la maison pour aller se buter sur la tête d'une femme avec laquelle je vivais.

Ma fille me demande ce qu'elle a de spécial. Elle me demande :

— Moi, je suis bonne dans quoi ?

Les autres se coiffent avec tant de facilité. Elle me demande :

— C'est quoi que je faisais, quand j'étais petite ? Quand j'étais bébé, c'est quoi les mots que je disais ?

— Tu avais dit, pour des lunettes fumées, des lunettes de boucane.

Et cette idée, encore, la fait sourire comme un signe de distinction.

Catherine veut savoir aussi dans combien de bras je tomberai, sous combien de femmes je me cacherai, elle veut savoir ce qui me donne si grand appétit et ce qui me rend à table si souriant.

— Tu m'aimes tant, je ne peux pas croire que tu les aimes toutes autant. Et si tu aimes tout le monde également, je ne peux pas croire que la femme de ta vie se sente aimée, elle aussi.

Je crois que je suis un bonhomme de neige. Il me faut des mains, il me faut les gestes d'une autre personne pour m'isoler, me distinguer parmi la matière froide qui couvre le sol. Quelqu'un doit avoir le goût de me rouler une tête, me dessiner un tronc, me faire une pipe ; qu'une personne en ait envie et j'aurai des boutons, des bras, un chapeau. L'ours sort du ventre de sa mère en petit tas informe, flaque de chair et de poils qui ressemble aux marmottes écrasées. Sitôt atterri sur le sol de la grotte, le petit ourson sent la langue de sa mère qui commence à le sculpter. C'est en les léchant qu'on forme les ours ; et les ours bien léchés ont de meilleures perspectives d'avenir.

Les étudiants de cégep auraient besoin de quelques coups de langue. Leurs bras se confondent avec leurs jambes, la tête n'est pas encore séparée du tronc ; dépourvus de cou, ils en sont réduits à tenir leur menton avec leurs clavicules. Les garçons sont énormes et perdus dans des vêtements trop grands, des pantalons ravalés dont le tissu s'accumule à leurs pieds, des chandails qui n'en finissent plus de descendre. On doute qu'il y ait de la peau derrière, des os, on se demande s'il y a autre chose que de la chair molle et comment tout cela tient ensemble, pourquoi ça ne s'effondre, ça ne s'écroule pas, au lieu de rester là pendu en l'air, flottant malgré le poids.

Madame Bovary n'aime pas sa vie. Elle a passé sa jeunesse à lire des romans de femme, des poèmes romantiques, des résumés d'extase... et la voilà mariée à un homme qui ne connaît rien aux armes et aux chevaux. *Madame Bovary* est un roman qui parle de la mauvaise influence des livres, comme *Don Quichotte* et comme le premier roman publié au Canada français qui s'intitulait, justement, *L'influence d'un livre*.

« La littérature est ce genre de vieille personne qui ne réussit qu'à parler d'elle-même. »

En disant cela, le professeur Nicol me regarde et je lui rends ce qui pourrait être compris comme un sourire complice.

Les grandes fenêtres de la classe donnent sur un stationnement où personne ne passe. Les étudiants qui regardent dehors contemplent des autos inertes dans une lumière un peu grise. Je m'étonne de la quantité de viande et de sang qui patiente en ce lieu. Tant de nerfs et tant d'eau, soudain inanimés, tant de vêtements chers soustraits à la parade, tous ces décolletés inaperçus, toutes ces matières hormonales, cervicales, fécales, mises en léthargie le temps que défile au-dessus d'elles la vie d'un personnage de roman.

Madame Bovary n'aime pas sa vie et son premier bal lui fait mesurer à quel point l'existence réelle est ailleurs, vécue par d'autres, alors qu'elle-même est prisonnière des petitesses. La voilà comme par erreur placée « parmi les boiteux, les goitreux que soigne son mari, et les morveux qu'il lui fait ».

Encore un clin d'œil de Patrick Nicol. En fait, Madame Bovary a eu une fille, mais le professeur a sacrifié ce détail à la rime et sans doute a-t-il eu raison parce que son énumération fait tourner les têtes. Comme un éternuement. Je vois se lever des sourcils sur les figures plus tôt éteintes, débranchées et déposées sur le bureau. « La vraie vie porte d'abord le nom ronflant de Rodolphe. » Oui, des traits se meuvent dans les visages. Ils semblent intéressés ; je n'en reviens pas. « Mais Rodolphe sera décevant et Emma devra courir encore. Tous les hommes sont désolants et la vie, toujours, est ailleurs. Madame Bovary court après la vie des livres, et elle est prisonnière de la vie de la ville. Ou alors, pire : Madame Bovary court après le bonheur des gens d'envergure, mais, malheureusement, c'est une épaisse. » Les étudiants sont tout à fait réveillés, maintenant, quelques-uns ont des questions à poser. Alors le professeur dit cette chose étrange :

— On est bien, là.

Ces mots ne suscitent ni gêne ni plaisir. Un petit silence, seulement, comme s'il s'agissait de goûter, de mesurer. Il répète :

— On est bien, là, assis à l'abri, à parler tout à fait librement de quelqu'un d'autre, et qui n'existe pas.

Des gens marchent maintenant dans le stationnement, certains étudiants les suivent des yeux, d'autres se perdent dans les espaces inoccupés du tableau noir, d'autres encore, c'est apparent, cherchent les yeux du professeur pour ne les avoir qu'à eux. Certains jouent de leurs pieds déchaussés avec leurs souliers, certains triturent leur cahier, leurs ongles, certains regardent l'heure ; il flotte ici quelque chose entre le contentement et la résignation.

Un grand blond bâille, puis sourit. On dirait un enfant content sorti du lit. Le professeur sourit aussi, puis dit :

— Emma, donc, n'aime pas sa vie. Comment comprendre alors Flaubert qui dit : « Madame Bovary, c'est moi. » Lui aussi, peut-être, voudrait vivre ailleurs, autrement. Lui aussi, peut-être, cherchait à fuir la médiocrité. Mais lui, il a écrit des livres, au lieu de s'endetter, de vivre dans le mensonge et de se faire tromper par les hommes.

Je dis :

— Tu sais, Patrick, on ne sait pas vraiment si Flaubert a dit ça. Et on ne sait trop ce qu'il voulait dire par là. Moi, j'aime penser que quand il a dit : « *Madame Bovary*, c'est moi », il ne parlait pas de la femme, mais du livre lui-même. Ce n'est pas le personnage, c'est le titre qui est nommé. Il faudrait alors comprendre que ce style, c'est lui, cette langue, cette manie du détail, cette fascination pour la médiocrité, cette minutie, cette élégance dans le vide...

Je n'ai pas, en parlant, perturbé le repos des étudiants. Le professeur ne commente pas. Le cours se termine peu après.

Patrick Nicol a mis du temps, par la suite, avant de parler ; heureusement, les corridors sont longs dans ce cégep.

— Tu vois, au moment où j'ai dit « on est bien », je pense qu'on était vraiment bien. Comme seuls, comme isolés des problèmes de couple ou de travail, débarrassés pour une heure de la question grave et plate par excellence : *qui est-ce qui nous aime ? qui ne nous aime pas ?* Ça arrive peut-être cinq... peut-être six... Disons qu'un étudiant va vivre ça six heures entre Noël et le printemps. Le reste...

— Le reste n'est que littérature.

(J'aimerais m'arrêter ici et comprendre ce qui m'a poussé à sortir là ce vers de Verlaine. C'était presque approprié. En tout cas, immédiatement compréhensible. Mais comment justifier que j'aie eu le goût d'étaler mes lettres devant ce professeur qui porte mon nom. Une façon de me faire aimer de lui, j'imagine, en insistant sur ce que nous avons en commun. Peut-être aussi une façon de le remettre à sa place, de lui rappeler qui est qui, ici.)

— Tu as raison, le reste n'est que littérature. Et on peut se demander qui fait vraiment travail de littérature : l'écrivain ou celui qui, année après année, amène des centaines de personnes à penser, à rêver autour d'histoires déjà inventées.

— Pour ça, ça prend des livres. Il faut que des livres aient été publiés. Écrits et publiés.

— Très peu. On n'a pas besoin de la pléthore des livres moyens, des livres médiocres qui, chaque année, année après année, sont publiés.

— Qui ?

— Quoi, qui ?

— Qui n'a pas besoin des livres moyens ?

— Moi. Et ceux qui aiment les livres.

Je m'éloigne déjà. Je garderai cette image : moi qui descends un énorme escalier de béton ; lui qui reste à l'ombre, sous le porche, après avoir dit que les livres ordinaires ne lui sont d'aucune utilité. Moi qui m'en vais continuer à ne pas travailler ; lui qui reste là, se préparant déjà à répéter son numéro sur le bovarysme.

*

Quand j'étudiais au Séminaire, mes gros livres russes étaient ceux de Dostoïevski. Des livres de poche, mous, à la tranche verte ou rouge. Sans doute sont-ils cassés, eux aussi, maintenant. Peut-être y verra-t-on un équilibre : le jeune garçon se perdant parmi les frères Karamazov alors que l'adolescente s'égare avec

Anna Karénine. C'est l'esprit de sérieux, sûrement, qui commandait mon intérêt pour le meurtre et les délires religieux ; quelque chose là devait répondre à mon acné. Au début du roman, un moine mort se met à puer. Beaucoup trop tôt, tout de suite après sa mort. Les saints hommes sont censés pourrir lentement. L'odeur hâtive sème le doute. Était-il si pur, ne cachait-il pas quelque pourriture ? Le jeune garçon que j'étais pouvait s'en amuser, comme la jeune fille dans son collège pouvait comprendre Kitty de repousser le rustre en espérant que le soldat demande bientôt sa main. La collégienne devait aussi se demander comment il se faisait qu'elle-même ne pouvait choisir qu'entre des sportifs pédants et des boutonneux s'intéressant à l'odeur des morts. Oui, on peut voir là une symétrie. Maintenant, c'est *Anna Karénine* que je lis.

Depuis mon arrêt de travail, je ne m'occupe que d'affaires de cœur et de corps. Je remplis ma semaine d'histoires d'amour au lieu d'écrire (écrit-il). Ce n'était pas ça, le plan, il me semble. Mais quel plan suivre si personne (pas même moi, pas même mon homonyme) n'a besoin de livres moyens ? Et Catherine, qui vient occuper mes dimanches, qu'ai-je à faire de si important pour l'éviter, pour lui interdire l'entrée de ma hutte ?

Elle me dit :

— Je crois que tu m'aimes. Tout ce que tu m'as raconté... longtemps m'avoir vue, désirée ; tout ce que tu m'as fait, au lit et le reste aussi... Je me sens aimée. Je ne vois pas comment, je ne vois pas pourquoi tu pourrais nier ce que nous vivons. Nous nous sommes mis à nous aimer et même s'il y a Lady Chatterley, même si tu as une blonde, même si ta vie est pleine... ce qu'il y a entre nous existe pour vrai.

Lady Chatterley me demande quand nous aurons fini :

— Je ne veux pas d'un amant ; je n'ai aucune intention de changer ma vie, ni la tienne, ni celle de mon mari. Je voulais t'atteindre, te toucher... et c'est fait. Mais mon désir n'est pas épuisé. Je reviens et te baise et repars toujours avec le désir de revenir. Je ne suis pas vraiment jalouse de tes autres amours ; toi-même t'intéresses fort peu à ma vie. Je m'en accommode, mais me demande combien de temps on peut faire l'amour sans que ça ne devienne compliqué.

J'arrive chez Lyne trop tôt. Ne voulais être nulle part ailleurs. Martin n'est pas là.

— Martin est pas là ?

— Non, Martin est à l'école. Il donne un coup de main pour une activité qui s'en vient... le spectacle de fin d'année, je crois.

— Il s'implique beaucoup à l'école.

— Je pense que Martin trouve la petite maîtresse bien de son goût.

— Ah... Ça te fait quoi ?

— Qu'est-ce que ça change ?

(Je n'ai pas su si elle questionnait l'importance de ses sentiments ou de ceux de Martin.)

— Écoute... Je ne t'attendais pas si tôt. J'avais l'intention de prendre une douche.

— Oui, ben... vas-y. Gêne-toi pas.

— En fait... Oui, ça me gêne.

— Moi, ça me fait plaisir de penser que tu seras nue dans la pièce à côté.

— C'est ça… Je vais être nue dans la pièce à côté. Martin est à l'école et se fait charmer ; moi je vais me déshabiller avec toi tout près, sachant très bien que j'aurais pu t'aimer. Qu'on pourrait.

— Laisse la porte ouverte. Si tu veux, je vais rester ici et te regarder. Tu vas te déshabiller comme si je n'y étais pas, ou tenant compte que j'y suis, comme tu veux. Je vais rester ici, assis dans ta cuisine, je te verrai nue tant que tu choisiras de rester là, sur le tapis, avant de te glisser derrière le rideau.

— Et ce sera le mieux, ce sera le pire que nous aurons fait.

— Ça va être juste correct.

— Un jour, moi aussi je te demanderai quelque chose.

À partir de ce moment, nous nous taisons. Ainsi je la regarde dans un rituel intime qui consiste d'abord à aller chercher des vêtements pliés : pantalon, chandail… et sur le dessus, comme échappés, les sous-vêtements. Elle dépose le tout sur la serviette, pliée, elle aussi, et puis non, elle se reprend, soulève les vêtements pour tirer la serviette, la déplier, l'accrocher à portée de main. Elle ne me regarde pas. Elle retire ses chaussures, qu'elle place côte à côte sur le pas de la porte, avant de monter sur le tapis de bain. Le chandail qu'elle enlève, elle le lance sur le panier tout près, le pantalon qu'elle enlève, elle le ramasse, le secoue, en retire la culotte qui est descendue en même temps, dépose le tout sur le comptoir du lavabo. Les chaussettes sont à leur tour lancées vers le panier, puis elle arrête de bouger, je cesse de respirer, elle se tourne pour être complètement face à moi. *Regarde-moi. Il n'arrive plus jamais qu'on me regarde quand je suis nue.*

J'ignore pourquoi le plaisir sur moi s'acharne et pourquoi il m'est donné de voir, souvent même de toucher, ce à quoi, auparavant, je n'arrivais même pas à rêver. C'est ne pas travailler, ne rien accomplir, ne pas être occupé par ce qui gonfle les C.V. qui me rend si disponible. Ne pas me salir les mains à l'ouvrage, je crois, me rend digne de l'amour.

J'aimerais me rappeler ce qu'adolescent je pensais des femmes nues. Je n'en revenais pas. Même figées, même payées par des revues, je n'en revenais pas que des femmes parfois soient nues. Je ne les ai jamais touchées qu'en tremblant ; il n'est pas arrivé que je m'habitue. C'est faux. Je me suis habitué à quelques-unes. Je me demande si ce n'est pas lui encore, l'adolescent du Séminaire, qui s'excite et rattrape les années perdues. Peut-être que non. Peut-être la mise à nu est-elle, comme la décomposition du moine, une épreuve de vérité. Après le bruit du travail, le désordre des poursuites, l'aveuglement dans l'effort... je devais sans doute revenir au silence de la peau, à l'expérience du beau, et au recentrement, disons-le, au retour à l'enveloppement où se jouent les énigmes de l'amour et de l'enfance, de l'être et du paraître.

Les poils pubiens de Lyne sont longs et noirs, pas du tout frisés ; ils semblent doux. Elle a les hanches que je lui avais imaginées, le ventre, les cuisses... je me rends compte de l'avoir souvent imaginée. Ses mamelons sont foncés, je l'aurais parié. Mais à quel moment, donc, comment y ai-je tant pensé ? Ses yeux sont les mêmes, mais d'ici ils semblent humides et reconnaissants ; j'aimerais être à la hauteur du moment. Ne pas dire, exactement, *T'es belle*. Mais je ne sais pas quoi d'autre. Mes lèvres finissent par dessiner le mot *Merci*, qu'elle comprend, qu'elle répète silencieusement. Elle reste là devant moi, sans se tourner vers la douche. Qu'est-ce qui va nous arrêter, maintenant, comment allons-nous finir ? C'est le bruit de la voiture dans l'entrée qui me permet, tranquillement, de me lever. J'avance vers elle, profitant de mon approche pour la mieux regarder. Et c'est seulement quand j'ai fermé la porte qu'elle entre sous la douche.

J'ignore pourquoi le bonheur sur moi s'obstine et comment les nudités successives peuvent ne pas me mener à la mort prochaine ou à quelque résolution pacifiante, apaisante. Je n'en aimerais qu'une alors que chacune des autres se retirerait de bonne grâce ; je n'en aimerais aucune et choisirais pour l'avenir d'attendre la bonne (ou la femme de chambre ou le valet) qui jusqu'à la fin me comblerait de douceurs et de petits chiens. Tous ces mouvements, cette incessante mise à nu des nerfs, finiront sûrement par entraîner un châtiment, ou du moins l'aveu d'une erreur... peut-être aussi un épuisement salutaire me forcera-t-il à la réflexion. Quelqu'un quelque part se sentira floué ou alors le vide s'accusera comme n'ayant jamais été comblé.

Catherine me dit :

— Tu m'aimes, je ne peux pas croire qu'il en soit autrement, et aussi généreux sois-tu, je ne crois pas que l'amour soit à ce point inépuisable. Je sais qu'à moi tu donnes ce qu'aux autres tu ne fais que montrer.

Lyne et Lady Chatterley me disent :

— Ce que je vis là, je ne le vis qu'avec toi. Il y a cette histoire-là, ces temps-ci, avec toi, sinon il y a la vie avec mon mari, étendue morne, presque infinie, loin derrière et encore, je le crois, longtemps devant. Tu es unique dans mon livre ; pas moi dans le tien. Mais ça va.

La voisine, étendue nue dans mon salon, me dit :

— Cela est absurde et merveilleux. Ne me dis pas si aujourd'hui est pour toi un jour important ou seulement une parenthèse ; ne dis rien à propos de moi sur ton chemin. Aujourd'hui est un jour de repos pendant lequel rien ne sera dit de toi ni de moi ni de la quantité de soins qui ont pu effleurer, battre, lécher... ou ton corps ou le mien.

Je serais complètement démuni s'il me fallait expliquer avec un peu de minutie pour quelle raison le plaisir s'obstine à me cerner, m'emmurer, m'étouffer au point qu'il n'y ait rien d'autre, pas même la faim ou l'argent, encore moins de travail, de livre à finir... pourquoi je n'aspire plus à rien d'autre qu'à aimer et jouir, comme si toutes les autres façons d'être pour l'avenir et à l'infini me répugnaient, me rappelaient l'incompétence et le désarroi avec lesquels jusque-là s'étirait mon existence.

Je ne parle jamais que de moi. Les toucher, les serrer, les embrasser... très bien. Mais, à la fin, c'est toujours de moi que je prends soin. Je ne dirai plus :

j'aime ; plutôt : *j'ai besoin.* J'ai besoin d'être utile, voilà. D'être bon à quelque chose. Peu importe quoi, ou qui.

Il faut suivre le regard des femmes sur la couverture des livres de poche. Il sort du cadre, toujours, elles regardent ailleurs. Vous tenez dans vos mains un livre et celle qui est là, aplanie sur le devant, cherche ailleurs ce que vous vous apprêtez à chercher dedans. Je m'exprime mal. Je veux dire : Vous allez entrer dans une histoire alors que le personnage cherche à en sortir. Dans ces dessins de couverture, le tracé est souvent le même : une personne en regarde une autre qui regarde ailleurs. Quelqu'un veut s'en aller ; quelqu'un par l'œil le retient.

Patrick Nicol est assis dans le gymnase de l'école. Je le regarde regarder les enfants sur la scène, aussi détaché qu'il m'est possible. À côté de lui, sa blonde semble épuisée. Je le regarde regarder et je sais à quel point il s'ennuie, comment tout pour lui s'étire en une désolante comédie. Je le regarde et je me dis qu'il y a mille et une raisons de ne pas souhaiter être à sa place.

Il m'a appelé, la semaine dernière. Des jours sans nouvelles, puis il s'est manifesté. Au téléphone, il m'a dit :

— Deux ou trois questions restent sans réponse. Lorsque je suis avec eux, lorsque nous sommes ensemble enfermés dans la classe, lorsque l'horaire les tient en otage et me les confie, ça va, je veux dire, je ne doute pas. Mais quand il s'agit de sortir de la classe, croiser les maîtresses, les docteurs et les autres petits professeurs… je me demande vraiment à quel monde j'appartiens.

J'ai voulu parler ; il m'en a vite empêché.

— Ces questions, c'est à moi que je les pose. Il n'y a aucune personne que je respecte assez pour attendre d'elle une réponse, personne que j'écoute assez longuement. Et ce ne sera pas toi, l'écrivain qui porte mon nom, qui m'aideras. J'ai besoin d'apprendre à vivre dans ce monde-là. Ce n'est pas toi qui me le montreras.

Les petits de maternelle tournoient sur la scène. On dirait des poules sans tête, mais molles et lentes, excessivement conscientes d'être regardées. Tous les yeux braqués vers eux et leur propre regard tourné sur eux-mêmes les empêchent de bien agir, de se souvenir, de suivre avec un minimum de cohérence la gestuelle du professeur qui, lui, est tout entier offert aux mères assises dans la salle. Celui-là a localisé le siège de l'approbation. C'est un jeune homme frisé qui sourit, croyant certainement qu'un bon étalage de dents excuse de tout.

Patrick Nicol m'a dit, aussi :

— J'aurais dû me contenter de bien aimer. Avoir ce que certains appellent une vie privée. Aimer ma fille, ma blonde, et raffiner les registres de cette activité : l'intimité. Mais non. Le travail m'a pris. Puis il m'a laissé tomber.

Comment se fait-il que l'homme épuise le plaisir d'aimer, que l'orgasme de l'autre cesse de lui apparaître comme la plus noble des missions ? Pourquoi finit-il toujours par transférer vers le travail l'énergie, la passion, l'intensité qui pourtant s'éjaculent si aisément ? Pourquoi désire-t-on toujours noircir du papier alors qu'il est si facile, si agréable d'imbiber des kleenex ? Et comment se fait-il qu'au moment où le travail déçoit, l'homme oublie de rentrer chez lui trouver l'amour qui l'endormira satisfait ?

À moi aussi il est arrivé de chercher la satisfaction du devoir accompli, à moi aussi il est apparu important de susciter la caresse du maître. Je ne dirai rien des gens mal baisés, mais je me demande vraiment quelle est la source de l'intensité, quelle est cette énergie méchante à l'origine de notre ardeur au travail. Que cherche-t-on là, dans les couloirs, dans les bureaux, qu'espère-t-on y trouver qui ne nous soit pas donné par l'abandon, par l'érection, par la respiration désordonnée de l'autre ? À quoi, maudit, nous sert-il de travailler et pourquoi y met-on autant de conviction ?

Les parents sont debout, ils applaudissent. N'importe quel spectacle aurait donné le même résultat. La danse n'était qu'un prétexte. Les enfants n'avaient qu'à se planter là, faire n'importe quoi, et ç'aurait été l'ovation. L'incompétence s'apprend jeune. C'est sans doute à cette école que nous sommes allés, nous qui faisons profession de parler, de nous faire regarder, et c'est sans doute à cette école qu'est allé le professeur de danse. Il sourit, regarde les mères ; il a fait ce qu'il avait à faire et tout le monde réagit de la façon appropriée.

*

L'univers se meut par la force de l'ennui des femmes. La voisine devant sa fenêtre, la mère remplissant son panier d'épicerie, Lady Chatterley qui cogne à ma porte, les veuves dans les musées... il n'y a pas dans le monde de force plus constante que l'énergie déployée par les femmes qui cherchent à chasser l'ennui dans l'ignorance, dans la plus totale indifférence de leur conjoint, de leurs frères et fils, de leurs collègues et de leur mari.

Il faut leur souhaiter l'amour, sinon c'est le travail qui les absorbe et tout le soin, toute l'intelligence, toute la compulsion dont elles sont capables se concentrent sur les objets les plus nuls, les plus indignes d'elles.

Ainsi ma collègue assise devant moi ayant sorti sa règle et mesurant les espaces blancs de mon travail.

— C'est incroyable, disait-elle, c'est incommensurable que d'une page à l'autre tes marges ne soient pas les mêmes, ni en bas, ni même à droite. D'une page à l'autre, une différence d'un plein millimètre, regarde (je ne voyais que son affolement), regarde toi-même ! Et la pagination... En haut, à droite, quelle idée ! Et ton usage inconsistant de l'italique, franchement, on dirait que ton document a été accouché par un homme (c'était le cas), un homme manchot et aveugle, qui la veille encore n'avait jamais entendu parler du traitement de texte. Regarde ta page de titre, constate l'absence de page blanche qui suit ; observe les sous-titres en 12 points alors que 14 aurait été mieux ; et ce chiffre, là, ce chiffre-là, le chiffre d'appel... franchement, n'est-il pas intolérable de le trouver ailleurs qu'à l'intérieur des chevrons que par miracle, dirait-on, tu as préférés aux guillemets. » *Regarde*, disait-elle et moi je ne voyais que l'absence, la démesure du silence dans le reste de sa vie.

À ma collègue il aurait fallu roulements de tambours et effets de lumière quand elle a posé son doigt mauvais sur un « b » qui devait être un « d », comme si le retournement de la lettre était la preuve que la Terre était ronde et que par conséquent la moitié de ses habitants tomberaient dans le vide ; comme si après avoir inversé la hampe et la panse d'une lettre, on devait forcément, comme prochaine étape dans l'effondrement des civilisations, inverser l'ordre des plats dans un souper, puis modifier la liste des nations membres du Conseil de sécurité. Le son de sa voix résonne encore dans mon bureau maintenant désert, j'en suis sûr, comme le canon après la tempête, comme la chute d'un corps au milieu d'une journée creuse.

À la fin, Madame Bovary est verte, sa bouche est noire, elle tremble, elle vomit, elle délire sous l'effet de l'arsenic. Avant, elle est allée à cheval et en calèche, au bal, à l'église, dans les boutiques... Jamais l'idée ne lui est venue d'entreprendre des études supérieures pour se distraire de son incomplétude en faisant chier des collègues. Il n'y a rien de plus dangereux qu'une femme qui s'ennuie, rien qui, de façon plus urgente, devrait être aimé.

Et je me serais bien offert à l'aimer, moi, plutôt que d'endurer le fiel de son désarroi, plutôt que d'avoir à vivre sa peur du vide. Et peut-être ne désirais-je que ça : aimer Emma Bovary sans qu'elle en subisse le moindre tort, aimer Anna Karénine sans qu'elle se précipite sous les trains, aimer ma collègue pour l'apaiser, la domestiquer, relativiser pour elle l'importance des chiures et des pattes de mouches. Et désamorcer sa colère. Et prendre revanche sur la force indigne qui a fait que pour une bêtise je me suis senti petit. Mon envie d'aimer originait peut-être du besoin de faire taire, finalement. Je ne sais pas. Je sais que tout de suite après, Lady Chatterley est entrée. Ce qu'il me restait de résistance est tombé.

Les images sont nombreuses, et toutes un peu tristes.

Dire d'abord : « Je sais comment te faire faiblir. Cette face de fer, ton allure de mère indignée, je peux faire fondre tout ça dans mes draps. »

Dire aussi : « Je peux te faire plaisir. Faire en sorte que des plis nouveaux animent ton visage, que sur ton corps des espaces neufs s'allument. Des trouvailles jailliront de ma bouche, de mes mains, comme si elles étaient pour toi inventées. »

Dire aussi : « Tu me feras jouir, et ton incroyable égoïsme, par la force de ton seul désir, se tournera entièrement vers moi. Tu t'appliqueras, tu te concentreras sur ce qui ne fait plaisir qu'à moi. »

Dire finalement : « Je te ferai croire que tu existes, que je te connais, qu'il y a des mots, des chemins, des tables de resto qui t'attendaient depuis toujours et que j'ai débusqués pour toi, parce que je te regarde tellement fort que je te devine, parce que je te connais, parce que je maîtrise ce que tu es. »

Ces images sont tristes et n'expliquent rien. Je n'ai rien de mieux à faire que d'aimer. Prendre, me faire prendre, et, pour le reste, abandonner. Ne rien tenter en dehors du champ du plaisir. Il n'y a rien de plus utile et de plus nécessaire que de ramener quelqu'un à sa peau, aux rêves qu'elle fait lorsque les nerfs ont fini de l'étourdir.

— Mais tu ne m'aimes pas, dit Lady Chatterley, et toute l'attention que tu peux m'accorder s'épuise en une demi-journée.

— C'est vrai. J'aime aimer, mais j'ai aussi autre chose à régler.

— Quoi donc ? Je ne vois pas. L'amour te distrait. Ensuite, tu dors.

— Mais tu ne m'aimes pas, dit Catherine.

— Oui, je t'aime. Aimer est une action. Dire *Je t'aime*, c'est comme dire *Je te mange. Je te parle. Je te regarde*. Aimer pour moi n'est pas un état. Je ne veux plus d'état, plus de principes, plus de mythe fondateur. Je veux poser des gestes qui facilitent le sommeil, qui rendent clair le rire et qui tout de suite nous libèrent de ce qui en ce moment nous enserre.

— Ne m'aime pas, dit la voisine. Prends mon suc, épuise-moi, et après laisse-moi tranquille.

Je crois que j'aime Lyne, mais sans réel désir. J'aime ma fille. J'ai une blonde, aussi. Elle me dit : « Tu m'as aimée, et je ne vois pas que ce soit terminé. »

*

Nous sommes à table. Martin ne cesse de s'émerveiller des projets qui se mènent à l'école. Il est question maintenant de la sortie de fin d'année : ils iront aux glissades d'eau. Sa fille fréquente l'école depuis cinq ans et c'est aujourd'hui seulement que Martin en découvre la richesse. Même les filles ne s'y intéressent pas tant. Il a l'enthousiasme louche, et ne saisit pas la grossière indécence de la comédie qu'il se joue. Personne ne l'écoute quand il se pâme sur le dynamisme du système scolaire et l'avenir meilleur qu'il nous prépare. Lyne et moi ne disons rien, nous ne regardons que les plats et les enfants. Martin, tranquillement, en conçoit du chagrin.

— Il n'y a que moi, dit-il, pour être emballé ; il n'y a que moi pour être un peu animé. Vous êtes là silencieux comme des ballons dessoufflés, déjà vieux, vous ne vous réveillez que lorsqu'il est question de livres que personne n'a lus.

Martin n'a pas l'habitude du désir. Il ne s'était pas plaint de la déprime de sa blonde depuis longtemps. J'attends que le spaghetti refroidisse. Après un silence mauvais, Martin se tourne vers moi :

— Je comprends pas ça, moi, que quelqu'un arrête de travailler. Il y a des jobs difficiles, il y a du monde qui travaille dur, mais, je veux dire, au point où t'es plus capable, ou tu doives arrêter... Je sais pas. Je comprends pas.

Et moi, je comprends parfaitement pourquoi il soulève cette question ce soir, à table, devant sa blonde et nos enfants.

— La serveuse de restaurant, elle, fait pas de burn-out. Pourtant, des journées comme elle fait... il n'y a pas grand monde ici qui serait capable d'en faire. Pis six, sept jours d'affilée avant d'avoir une journée de congé – une seule – pour faire ses commissions, son ménage, son lavage... Il y en a pas gros ici qui seraient capables de faire ça.

Martin s'est levé pour ramasser les assiettes, les apporter sur le comptoir. J'imagine que son regard se bute à nos nuques. Il remplit de jus les verres des petites, met de l'eau à bouillir pour le thé. Il m'enlève ma coupe avant que j'aie fini, enlève aussi celle de Lyne. Nous laissons les objets nous être confisqués, sans résister, levant les mains quand il passe un linge sur la table, gardant les yeux baissés.

— Me semble que pour qu'un gars se convainque qu'il peut plus travailler, faut que ça lui tente, faut aussi que le monde autour, le boss, les collègues... Faut que tout un milieu, tout un petit univers trouve normal d'amplifier les problèmes, de se regarder le nombril jusqu'à le voir trop grand, trop profond...

Il ne s'est pas rassis. La vaisselle, on dirait, l'appelle et le bruit des chaudrons, le fracas des verres ponctuent son discours plutôt qu'ils ne l'enterrent.

Je n'épuise pas le décompte de mes hontes. Ne pas travailler, mal aimer, être ainsi humilié devant Lyne, devant les enfants, ne rien faire de mon congé...

C'est ma fille qui parle :

— Peut-être, Martin, que c'est parce que tu connais pas ça. Tu sais peut-être pas c'est quoi, ce genre de place-là, avec ce genre de monde-là. T'es pas docteur.

— C'est vrai, papa, peut-être que tu parles sans savoir, ajoute Mathilde.

C'est à moi que Lyne dit :

— Bien oui, il le sait… il est infirmier, après tout. Il veut juste provoquer.

Martin revient s'asseoir :

— C'était des farces, tu sais.

À mon tour, je viens à sa défense :

— Ben oui, je sais. Les filles, c'était des farces.

J'embrasse ma fille. Nous partons tôt.

Couché ce soir-là avec mon sexe dans les mains, il me revient une histoire que Martin m'avait racontée. Un homme était chez lui en train de mourir, entouré de sa famille. Quelques jours encore, peut-être quelques heures, et tout serait fini. Mais voilà qu'il ne pisse plus. Sa vessie enfle ; elle pourrait éclater. Martin est là, à essayer d'entrer par l'urètre une sonde qui viderait la vessie. Il n'y arrive pas. C'est mou et délicat. Une heure, encore – c'est bête –, encore une heure et il faudrait appeler l'ambulance, aller à l'hôpital. Martin me raconte être monté dans son auto pour aller chercher des sondes plus petites, avoir roulé vite dans la campagne entre le village du mourant et la ville. Aller-retour. Ça pressait. Éviter la mort humiliante, donner à ceux qui restent le décès qu'ils pourraient gérer. Martin m'en avait parlé comme d'un stress énorme. Et je n'avais rien à dire, vraiment, rien à raconter d'équivalent.

Comment parler de mon travail, comment expliquer ce que j'ai vécu à des gens comme Martin qui font profession de choses utiles ? Quand quelqu'un, un jour, a voulu que vous produisiez un *Protocole de rédaction à l'intention des élèves* et que l'ennui, brutalement, vous a attaqué. Quand dix, quand vingt personnes à leur tour ont donné leur avis ? Avoir un avis là-dessus, un protocole... déjà l'idée vous semblait relever de la science-fiction... et quand, incapables de s'entendre sur les corrections à apporter, il a fallu que vos collègues pleurent, qu'ils saignent et jurent, quand, avec une ardeur que dans certains pays on considère comme celle de la folie, ils se sont mis à étaler publiquement vos coquilles, votre désarroi, votre indifférence... Comment expliquer à ceux qui travaillent pour vrai la fatigue et l'accablement, le désengagement qui lentement vous ronge et la peur, oui, la peur sincère, causée par le spectacle du vieillissement de vos collègues, hommes et femmes qui, il y a peu, étaient comme vous...

Comment vivre, à quoi consacrer sa pensée ? Nous allons mourir et, en attendant, que se passe-t-il ? Nous cherchons des mouches à enculer, des drames à faire de nos futilités.

Ainsi devant ma collègue, mon collègue, j'ai connu ma rupture. Il était question, je crois (je fais semblant ; je le sais parfaitement), il était question de trancher à savoir si la page de titre devait être paginée, et si elle serait comptée dans la pagination. À ce moment-là, j'ai entendu comme une déchirure, un déchirement. C'était moi qui, de moi, se séparais brutalement.

*

Ma fille dans la maison. Une maison qui n'est son monde qu'à demi puisqu'elle vit ailleurs une semaine sur deux. Ce n'est pas une maison de poupée, ce n'est pas un ménage de télé, c'est le monde habité par moi, tout le temps, dans lequel elle passe une partie de son temps. Ces choses comme les kleenex, les bouteilles vides, ces pages arrachées que même après mon ménage je laisse traîner... Elle se promène parmi elles, assez à l'aise, sachant de plus en plus ce qui la concerne, ce qui lui revient.

Mon père est fatigué.

Ce soir, il n'y a pas d'amour à faire. Elle ne connaîtra jamais Lady Chatterley ni Catherine ; pour ma fille, la voisine est une voisine.

Mon père marche dans la maison.

Entre la fin des classes et le coucher s'étend une plage étrange de trois heures, pendant une semaine, une semaine sur deux. Ces jours-ci, nous étudions les solides (prismes, polyèdres, etc.) et pratiquons l'art de coordonner les chaussettes. Cela s'accomplit dans les soupirs, usant le souffle qui reste en fin de course.

— As-tu le temps, ce soir, de jouer à quelque chose ?

Nous jouons aux paires sur la table de la cuisine. Elle est à genoux sur sa chaise, les coudes sur la table. Une des jambes est agitée de tremblements qui seraient charmants si le mouvement me charmait, si j'étais capable de m'amuser de mon enfant. C'est un jeu de mémoire et souvent elle me bat, comme si elle était là et moi ailleurs, comme si elle était seule et moi nombreux à parler en même temps. Quelques fois, j'ai dû lui expliquer que j'avais ma propre façon de l'aimer, qui n'était pas celle de sa mère.

Au téléphone, encore, l'expérience du dédoublement.

— Je voudrais savoir si vous avez vu Patrick Nicol. Je suis sa blonde. Je ne le trouve plus. Et quand je le trouve, je ne le reconnais plus.

Mon père a arrêté de travailler ; il était toujours en chicane.

— D'habitude, il rentre, le soir. Souvent, même, il fait le souper, puis on loue un film ou on prend un bain. Il arrive souvent qu'on fasse l'amour. Ou alors il se frotte un peu. Il a une grosse libido... il avait...

La moitié des cartes reposent encore la face contre la table. Ma fille compte les paires déjà réunies en me regardant parler de Patrick Nicol au téléphone. Je ne peux qu'imaginer ce qu'elle pense de moi, ce qu'elle voit quand elle me compare à Martin ou aux pères de ses amies.

— Je ne sais pas pourquoi il ne rentre pas et je ne vois pas pourquoi moi, qui ne lui ai rien fait, je serais punie, privée de quoi que ce soit. S'il vous arrive de parler à Patrick Nicol, dites-lui de rentrer à la maison.

— Vous savez... je ne sais pas ce qu'il a fait, j'ignore ce qu'il fait, mais sa colère, sa tristesse, sa fuite, sa quête... n'est peut-être pas dirigée contre vous. Il y a toujours cette hypothèse – il faut toujours l'envisager – que les gens autour de nous, même les plus proches, agissent pour des motifs qui nous sont étrangers, complètement étrangers.

— Oui, mais… pourquoi faut-il que je sois exclue de cette histoire-là, moi ?

— C'est que si Patrick Nicol est comme moi, il a l'esprit limité. Il ne peut pas penser à tout, tout considérer. Certaines futilités grossissent tant que bientôt elles occupent tout le champ. Des pans complets sont occultés, des personnes, des régions du monde… Ses facultés sont sûrement réduites.

— Si vous le voyez, dites-lui que je suis là, qu'il peut rentrer. Ou alors venez, vous, venez vous asseoir sur sa chaise, à ma table. Nous parlerons.

C'est à mon tour de jouer, mais j'ai tout oublié. Où sont cachés les 2, les dames que je dois appairer ?

— Veux-tu qu'on recommence ?

— Oui, je voudrais bien recommencer.

— As-tu des problèmes ?

— Pas moi, quelqu'un que je connais.

Comme elle ne sait pas bien brasser les cartes, ma fille n'a pas dispersé les paires. C'est évident dès que nous recommençons à jouer : deux 3 sortent côte à côte, puis deux 8. Nous rions.

— On est bien.

— T'aimes ça ?

— Oui, même si je sais que c'est pas normal.

— Pas normal ?

— Les pères, d'habitude, sont avec leur blonde.

— Pis moi ?

— Toi, tu ne peux pas passer ton temps à jouer aux paires avec moi.

— Et qu'est-ce que ça te fait ?

— Dans le fond, j'aime mieux quand on est trois. C'est plus vivant, comme, et puis... c'est drôle, j'ai l'impression de te déranger moins.

Le téléphone, encore, c'est Lyne.

— Je voudrais que tu prennes ton auto, que tu te sois mis beau, que tu m'attendes devant la maison. Je voudrais que tu m'amènes voir le film avec Meg Ryan. Juste ça, aller au cinéma, manger du chocolat au cinéma, l'après-midi, pendant que les filles sont à l'école. Tu vas trouver que je sens bon dans le noir puis tu vas venir me reconduire avant que tout le monde arrive pour souper. J'aurai le temps de me démaquiller, de me désarranger pour Martin. Et il n'en sera plus jamais question. O.K. ?

— O.K.

— Demain.

— C'était qui ?

— Une amie qui a besoin d'un service.

— Est-ce que tu en rends beaucoup, des services ?

— Assez, oui.

— Parce que tu ne travailles pas ?

— C'est ça.

— Mais tu ne peux pas venir à Bromont avec l'école.

— Non. Est-ce que ça te dérange ?

— Non. Je préfère que tu ne viennes pas. Ça te dérange-tu ?

— Non.

— J'aime mieux que tu me voies pas avec mes amies.

— Et avec les gars ?

— Bof, les gars... sont cons, les gars.

Son monde est un peu plus grand qu'avant, avec des espaces dont je suis exclu. Mais il est simple, encore, et en parler, c'est souvent se répéter.

Les gars sont cons, ils rotent, ils sont tannants, *ils n'arrêtent pas de se penser bons.* Pour la première fois, ce soir, je parle à ma fille de mon collègue bedonnant, de la pose qu'il prend lorsqu'il se met à parler fort. Elle me dit : « Ouin, c'est ça, ce monde-là, faut toujours qu'ils se fassent remarquer. » Je lui décris cet homme de quarante ans pointant du doigt, articulant sans effort apparent des mots de trois syllabes appris récemment. Elle me renvoie l'image d'un garçon de dix ans. « Faut toujours qu'ils se pensent meilleurs, ces gars-là, qu'ils calent les autres… C'est toujours la guerre, comme. » Et je lui dis que, pour un temps, j'étais celui qui était pointé, accusé de ne pas avoir respecté un truc à trois, peut-être quatre syllabes. « Puis maintenant t'es plus là, alors c'est un autre qui se fait écœurer. Sont toujours comme ça et des fois ça tombe sur toi. » Ce coup-là, c'était tombé sur moi. Des enfants de dix ans, nous étions, des ti-coqs, des poules et des cochons. « Et puis les gars sont cons aussi parce qu'ils pensent toujours au sexe. Ils parlent toujours de sexe. Ç'a l'air qu'au secondaire ils veulent toujours coucher avec toi. C'est juste à ça qu'ils pensent, on dirait. »

*

N'est-il pas cruel et étrange que tous deux se nomment Alexis ? Anna Karénine vient de mettre au monde la fille de Vronski. Elle est mourante, maintenant, et elle appelle à son chevet le mari et l'amant, le cocu et le petit con. N'est-il pas étrange et cruel que tous deux portent le même prénom ? Karénine entre et avance lentement. Il trouve sa femme dans les draps, dans les sueurs, à l'extrémité de la douleur. Vronski n'est pas là ; il vient de tenter de se suicider. Dans la chambre de naissance, chambre un peu mortuaire, Alexis Alexandrovitch Karénine pardonne tout.

Près du lit de sa femme mourante, il s'était, pour la première fois de sa vie, abandonné à ce sentiment de commisération pour les douleurs d'autrui contre lequel il avait toujours lutté comme on lutte contre une dangereuse faiblesse. Le remords d'avoir souhaité la fin d'Anna, la pitié qu'elle lui inspirait, et par-dessus tout le bonheur même du pardon, avaient transformé ses angoisses morales en une paix profonde et changé une source de souffrance en une source de joie […].

Il avait pardonné à sa femme et il la plaignait à cause de ses souffrances et de son repentir. Il avait pardonné à Vronski et il le plaignait également depuis qu'il avait eu vent de son acte de désespoir.

Il y a 100 000 façons de ne pas finir une histoire. Mourir, pardonner, arrêter d'en parler, ne pas obtenir réparation, oublier de quoi il était question, passer à autre chose…

Pour poursuivre le coupable jusqu'en haut de l'édifice, pour atteindre avec lui le toit du gratte-ciel et s'y battre, il faut y croire. Ça prend une vie simplifiée par le malheur, la douleur ou la bêtise. Pour reconquérir la fille, racheter la ferme paternelle, ça prend une ligne droite et l'envie de marcher dessus, une sainte horreur de la mollesse et de la dispersion, inévitables dans les maisons où on trouve des téléphones et des télévisions, des enfants et des problèmes ponctuels de digestion. Pour continuer d'être triste et brûlé d'être deux et déchiré, il faut y croire, un peu.

Je crois que je vais appeler Patrick Nicol, lui conseiller de se calmer, d'aimer ses cours et sa blonde, même, pourquoi pas ? L'intensité lasse. Nous ne sommes pas des personnages de roman. Lady Chatterley n'est pas venue cette semaine et je ne m'en porte pas plus mal. Bien sûr, mon corps s'était habitué à une certaine régularité et il m'a fallu compenser. Vite et bien. Et je me suis retrouvé avec du temps sur les bras, après le truc sur les mains (un enfant de dix ans).

J'ai dit à Catherine :

— Il faut arrêter, maintenant. Nous allons cesser de nous voir.

— Mais pourquoi ?

— Parce que cette histoire-là ne se peut pas.

— Mais j'y suis, pourtant, et je la sens… Je ne comprends pas.

— Moi, bientôt, je n'y serai plus.

— Je ferme la porte, s'il le faut, je te garde dans mes bras. Tu es là, mon homme, et si tu souhaites être ailleurs, ça ne change rien. Tu es dans mon livre autant que moi dans le tien.

Je lui ai dit :

— Je vais partir, je dois rentrer.

— Ne nous fais pas accroire que nous avons rêvé.

— On ne pourra pas épuiser ce récit. Il faudra nous réveiller en sursaut. Ce ne sont pas toutes les histoires qui se terminent, certaines sont interrompues. Et ça va, ça me va. Il est temps pour moi de rentrer.

— C'est presque cruel, ce que tu fais là.

— Ç'aurait été plus simple si on s'était mal aimés.

— Arrête.

— Oui. J'arrête.

J'ai attendu Lyne dans ma voiture, comme elle me l'avait demandé. Elle a trottiné de sa porte à l'auto en replaçant ses cheveux, touchant son collier, ses boucles d'oreilles. Elle tenait un sac à main que je ne lui connaissais pas. Elle s'est assise bien droite, elle a pris ma main. « Allons-y », dit-elle.

La journée s'est passée ainsi. Assis côte à côte, nous avons regardé dans la même direction. Durant le film, à un moment un peu insignifiant, Lyne m'a encore pris la main. Je l'ai laissée faire et n'ai rien tenté de mon côté. C'était ce qu'il fallait, exactement, qu'elle prenne ce qui lui plaît, qu'elle avance jusqu'à son ultime point de confort. Il n'aurait pas fallu que je l'entraîne dans une histoire qui n'est pas la sienne, que je lui crée des désirs qui ne sont pas les siens. Je crois qu'elle a pleuré pendant le film, je crois aussi que c'était le film qui l'émouvait à ce point.

Dans l'auto, en revenant, elle a dit :

— Tu sais, Martin ne couchera jamais avec la maîtresse d'école. Son désir restera dans sa tête. Peut-être qu'une fois ou deux il me fera l'amour en pensant à elle, peut-être qu'il va être dans la lune, des fois, avoir des impatiences. Mais il ne fera jamais rien, il ne dira jamais rien. Et puis, ça va s'en aller. C'est l'été, les vacances… aujourd'hui, il va marcher avec elle parmi des centaines d'enfants, il va la regarder glisser dans son maillot de bain, peut-être qu'il va glisser lui-même, se donner en spectacle comme s'il avait vingt ans de moins. Et c'est tout. Ça va finir là. Et je suis bien, tu sais, je peux vivre avec ça.

Au souper, Martin est agréable, doux et prévenant. Il se lance sur les chaudrons, les assiettes. Décidément, ses émotions passent par la vaisselle ces jours-ci… Lyne porte un vieux jean et un t-shirt qu'elle a déjà mis pour peinturer. Les filles ont les yeux rouges, Mathilde a un coup de soleil sur le nez. Martin est prévenant, doux, et pour un peu, il s'intéresserait à moi.

Les filles n'en reviennent pas d'avoir tant ri, tant couru, d'avoir tant voyagé. Elles mangent leur crème glacée en se tenant par les épaules. Lyne et Martin rient avec elles. Il n'y a que moi qui reste assis là, un peu ailleurs, déjà.

— Ouin, dit Martin, ça se couchera pas tard, ce monde-là.

On ne sait pas s'il parle des filles, de Lyne qui rigole franchement, maintenant, de moi qui n'y suis plus ou de lui-même qui caresse les chaudrons en regardant sa blonde.

Ils feront l'amour ce soir. Les yeux dans les yeux, peut-être, ou en cherchant des positions qui garderont leurs visages cachés .

M'attendent à la porte ma voisine et Lady Chatterley, engagées dans une conversation où il n'est plus question de moi. Toutes deux réunies me disent :

— Voilà, c'est fini, nous retournons auprès de nos maris. On ne saura jamais pour toi, mais pour nous, c'était le repos, la distraction, et le plaisir, oui, le petit plaisir du nouveau. Rentre, et essaie maintenant d'accorder de l'importance à quelque chose. N'importe quoi, n'importe qui, mais tiens-y un peu profondément, pour faire changement.

Oui, je crois que je vais appeler Patrick Nicol pour lui dire, ou plutôt lui demander, de tout reconsidérer. Ne pas aimer, nécessairement, mais au moins ne pas se perdre. Je vais appeler Patrick Nicol et lui dire que dans la fuite j'ai trouvé l'ennui. Ou autre chose d'approchant. Pas l'ennui, vraiment, ni le vide, non. Je vais lui proposer de rentrer chez lui et d'arrêter, un instant, de se trouver si intéressant.

C'est lui qui m'appelle. Il me demande si l'attirance soudaine qu'il éprouve pour la maison, l'amour, le confort, si son désir de retrouver la présence, l'odeur de son amie, de renouer avec le renfoncement qu'il creuse dans les chaises bleues lorsqu'il s'assoit... les traces de pas, les traces de doigts entre l'évier et le frigo... si cet attrait est légitime, noble ou alors paresseux, immature.

— Je ne sais pas. Je peux dire qu'il est normal, oui, ça je le peux.

— Tu ne m'aides pas beaucoup, là.

— Non, c'est vrai, je ne nous aide pas beaucoup.

RÉCITS et ROMANS
aux Éditions Triptyque

Allard, Francine. *Les Mains si blanches de Pye Chang* (roman), 2000, 156 p.

Andersen, Marguerite. *La Soupe* (roman), 1995, 222 p.

Anonyme. *La Ville : Vénus et la mélancolie* (récit), 1981, s.p.

Arsenault, Mathieu. *Album de finissants* (récit), 2004, 142 p.

Association des auteures et auteurs des Cantons de l'Est. *En marge du calendrier* (anthologie), 1994, 128 p.

Bacot, Jean-François. *Ciné die* (récits), 1993, 133 p.

Beaudoin, Daniel-Louis. *Portrait d'une fille amère* (roman), 1994, 102 p.

Beaudoin, Myriam. *Un petit bruit sec* (roman), 2003, 116 p.

Beccarelli Saad, Tiziana. *Les Passantes* (récits), 1986, 88 p.

Beccarelli Saad, Tiziana. *Vers l'Amérique* (roman), 1988, 96 p.

Beccarelli Saad, Tiziana. *Les Mensonges blancs* (récits), 1992, 71 p.

Bereshko, Ludmilla. *Le Colis* (récits), 1996, 152 p.

Berg, R.-J. *D'en haut* (proses), 2002, 75 p.

Bibeau, Paul-André. *Le Fou de Bassan* (récit), 1980, 62 p.

Bibeau, Paul-André. *Figures du temps* (récit), 1987, 112 p.

Bioteau, Jean-Marie. *La Vie immobile* (roman), 2003, 179 p.

Blanchet, Alain. *La Voie d'eau* (récit), 1995, 76 p.

Blouin, Lise. *L'Absente* (roman), 1993, 165 p.

Blouin, Lise. *Masca* ou *Édith, Clara et les autres* (roman), 1999, 228 p.

Blouin, Lise. *L'Or des fous* (roman), 2004, 265 p.

Boissé, Hélène. *Tirer la langue à sa mère* (récits), 2000, 188 p.

Boisvert, Normand. *Nouvelles vagues pour une époque floue* (récits), 1997, 137 p.

Bouchard, Camille. *Les Petits Soldats* (roman), 2002, 405 p.

Bouchard, Reynald. *Le Cri d'un clown* (théâtre), 1989, 120 p.

Bourgault, Marc. *L'Oiseau dans le filet* (roman), 1995, 259 p.

Bourque, Paul-André. *Derrière la vitre* (scénario), 1984, 105 p.

Brunelle, Michel. *Confidences d'un taxicomane* (récit), 1998, 169 p.

Butler, Juan. *Journal de Cabbagetown* (roman), 2003, 262 p.

Caccia, Fulvio. *La Ligne gothique* (roman), 2004, 153 p.

Campeau, Francine. *Les Éternelles fictives* ou *Des femmes de la Bible* (nouvelles), 1990, 114 p.

Caron, Danielle. *Le Couteau de Louis* (roman), 2003, 127 p.

Chabot, François. *La Mort d'un chef* (roman), 2004, 108 p.

Champagne, Louise. *Chroniques du métro* (nouvelles), 1992, 123 p.

Chatillon, Pierre. *L'Enfance est une île* (nouvelles), 1997, 125 p.

Clément, Michel. *Le Maître S* (roman), 1987, 125 p.

Clément, Michel-E. *Ulysse de Champlemer* (roman), 1997, 155 p.

Clément, Michel-E. *Phée Bonheur* (roman), 1999, 283 p.

Clément, Michel-E. *Sainte-Fumée* (roman), 2001, 361 p.

Cliche, Anne-Élaine. *La Pisseuse* (roman), 1992, 243 p.

Cliche, Anne-Élaine. *La Sainte Famille* (roman), 1994, 242 p.

Cliche, Mireille. *Les Longs Détours* (roman), 1991, 128 p.

Collectif. *La Maison d'éclats* (récits), 1989, 116 p.

Corbeil, Marie-Claire. *Tess dans la tête de William* (récit), 1999, 92 p.

Côté, Bianca. *La Chienne d'amour* (récit), 1989, 92 p.

Daigle, Jean. *Un livre d'histoires* (récits), 1996, 105 p.

Daigneault, Nicolas. *Les Inutilités comparatives* (nouvelles), 2002, 134 p.

Dandurand, Anne. *Voilà, c'est moi : c'est rien, j'angoisse* (récits), 1987, 84 p.

Daneau, Robert. *Le Jardin* (roman), 1997, 167 p.

Depierre, Marie-Ange. *Une petite liberté* (récits), 1989, 104 p.

Déry-Mochon, Jacqueline. *Clara* (roman), 1986, 84 p.

Désaulniers, Lucie. *Occupation double* (roman), 1990, 102 p.

Desfossés, Jacques. *Tous les tyrans portent la moustache* (roman), 1999, 271 p.

Desfossés, Jacques. *Magma* (roman), 2000, 177 p.

Desrosiers, Sylvie. *Bonne nuit, bons rêves, pas de puces, pas de punaises* (roman), 1998 (1995), 201 p.

Desruisseaux, Pierre. *Pop Wooh, le livre du temps, Histoire sacrée des Mayas quichés* (récit), 2002, 252 p.

Diamond, Lynn. *Nous avons l'âge de la Terre* (roman), 1994, 157 p.

Diamond, Lynn. *Le Passé sous nos pas* (roman), 1999, 200 p.

Diamond, Lynn. *Le Corps de mon frère* (roman), 2002, 208 p.

Duhaime, André. *Clairs de nuit* (récits), 1988, 125 p.

Dupuis, Hervé. *Voir ailleurs* (récit), 1995, 211 p.

Dussault, Danielle. *Le Vent du monde* (récits), 1987, 116 p.

Forand, Claude. *Le Cri du chat* (polar), 1999, 214 p.

Forest, Jean. *Comme c'est curieux… l'Espagne !* (récit), 1994, 119 p.

Forest, Jean. *Jean Forest chez les Anglais* (récit), 1999, 168 p.

Fortin, Julien. *Chien levé en beau fusil* (nouvelles), 2002, 152 p.

Fournier, Danielle. *Les Mardis de la paternité* (roman), 1983, 109 p.

Fournier, Danielle et Coiteux, Louise. *De ce nom de l'amour* (récits), 1985, 150 p.

Francœur, Louis et Marie. *Plus fort que la mort* (récit-témoignage), 2000, 208 p.

Fugère, Jean-Paul. *Georgette de Batiscan* (roman), 1993, 191 p.

Gagnon, Alain. *Lélie ou la vie horizontale* (roman), 2003, 121 p.

Gagnon, Alain. *Jakob fils de Jakob* (roman), 2004, 166 p.

Gagnon, Daniel. *Loulou* (roman), 2002 (1976), 158 p.

Gagnon, Lucie. *Quel jour sommes-nous ?* (récits), 1991, 96 p.

Gauthier, Yves. *Flore ô Flore* (roman), 1993, 125 p.

Gélinas, Pierre. *La Neige* (roman), 1996, 214 p.

Gélinas, Pierre. *Le Soleil* (roman), 1999, 219 p.

Gervais, Bertrand. *Ce n'est écrit nulle part* (récits), 2001, 90 p.

Gobeil, Pierre. *La Mort de Marlon Brando* (roman), 1989 (1998), 135 p.

Gobeil, Pierre. *La Cloche de verre* (roman), 2005, 151 p.

Gosselin, Michel. *La Fin des jeux* (roman), 1986, 147 p.

Gosselin, Michel. *La Mémoire de sable* (roman), 1991, 140 p.

Gosselin, Michel. *Tête première* (roman), 1995, 156 p.

Gosselin, Michel. *Le Repos piégé* (roman), 2000 (1988), 188 p.

Gray, Sir Robert. *Mémoires d'un homme de ménage en territoire ennemi* (roman), 1998, 188 p.

Guénette, Daniel. *J. Desrapes* (roman), 1988, 149 p.

Guénette, Daniel. *L'Écharpe d'Iris* (roman), 1991, 300 p.

Guénette, Daniel. *Jean de la Lune* (roman), 1994, 229 p.

Harvey, François. *Zéro-Zéro* (roman), 1999, 172 p.

Julien, Jacques. *Le Divan* (récits), 1990, 74 p.

Julien, Jacques. *Le Cerf forcé* (roman), 1993, 174 p.

Julien, Jacques. *Le Rêveur roux : Kachouane* (roman), 1998, 206 p.

Julien, Jacques. *Big Bear, la révolte* (roman), 2004, 230 p.

Kimm, D. *Ô Solitude !* (récits), 1987, 142 p.

Lacasse, Lise. *L'Échappée* (roman), 1998, 216 p.

Laferrière, Alexandre. *Début et fin d'un espresso* (roman), 2002, 232 p.

Lamontagne, Patricia. *Somnolences* (roman), 2001, 126 p.

Landry, François. *La Tour de Priape* (récit), 1993, 88 p.

Landry, François. *Le Comédon* (roman), 1997 (1993), 410 p.

Landry, François. *Le Nombril des aveugles* (roman), 2001, 267 p.

LaRochelle, Luc. *Amours et autres détours* (récits), 2002, 124 p.

Lavallée, Dominique. *Étonnez-moi, mais pas trop !* (nouvelles), 2004, 121 p.

Lavallée, François. *Le Tout est de ne pas le dire* (nouvelles), 2001, 173 p.

Le Maner, Monique. *Ma chère Margot,* (roman), 2001, 192 p.

Le Maner, Monique. *La Dérive de l'Éponge* (roman), 2004, 155 p.

Lemay, Grégory. *Le Sourire des animaux* (roman), 2003, 110 p.

Lépine, Hélène. *Kiskéya* (roman), 1996, 147 p.

Lévy, Bernard. *Comment se comprendre autrement que par erreur* (dialogues), 1996, 77 p.

Lévy, Bernard. *Un sourire incertain* (récits), 1996, 152 p.

Maes, Isabelle. *Lettres d'une Ophélie* (récits), 1994, 68 p.

Manseau, Pierre. *L'Île de l'Adoration* (roman), 1991, 180 p.

Manseau, Pierre. *Quartier des hommes* (roman), 1992, 207 p.

Manseau, Pierre. *Marcher la nuit* (roman), 1995, 153 p.

Manseau, Pierre. *Le Chant des pigeons* (nouvelles), 1996, 167 p.

Manseau, Pierre. *La Cour des miracles* (roman), 1999, 280 p.

Manseau, Pierre. *Les Bruits de la terre* (récits), 2000, 176 p.

Manseau, Martin. *J'aurais voulu être beau* (récits), 2001, 144 p.

Martel, Jean-Pierre. *La Trop Belle Mort* (roman), 2000, 238 p.

Martin, Daniel. *La Solitude est un plat qui se mange seul* (nouvelles), 1999, 145 p.

McComber, Éric. *Antarctique* (roman), 2002, 175 p.

McComber, Éric. *La Mort au corps* (roman), 2005, 303 p.

Ménard, Marc. *Itinérances* (roman), 2001, 242 p.

Messier, Judith. *Jeff !* (roman), 1988, 216 p.

Michaud, Nando. *Le Hasard défait bien des choses* (polar), 2000, 216 p.

Michaud, Nando. *Un pied dans l'hécatombe* (polar), 2001, 241 p.

Michaud, Nando. *Virages dangereux et autres mauvais tournants* (nouvelles), 2003, 181 p.

Monette, Pierre. *Trente ans dans la peau* (roman), 1990, 112 p.

Moutier, Maxime-Olivier. *Potence machine* (récits), 1996, 109 p.

Moutier, Maxime-Olivier. *Risible et noir* (récits), 1998 (1997), 164 p.

Moutier, Maxime-Olivier. *Marie-Hélène au mois de mars* (roman), 2001 (1998), 162 p.

Neveu, Denise. *De fleurs et de chocolats* (récits), 1993, 96 p.

Neveu, Denise. *Des erreurs monumentales* (roman), 1996, 121 p.

Nicol, Patrick. *Petits problèmes et aventures moyennes* (récits), 1993, 96 p.

Nicol, Patrick. *Les Années confuses* (récits), 1996, 95 p.

Nicol, Patrick. *La Blonde de Patrick Nicol* (roman), 2005, 93 p.

Noël, Denise. *La Bonne Adresse* suivi de *Le Manuscrit du temps fou* (récits), 1995, 161 p.

O'Neil, Huguette. *Belle-Moue* (roman), 1992, 95 p.

O'Neil, Huguette. *Fascinante Nelly* (récits), 1996, 127 p.

Painchaud, Jeanne. *Le Tour du sein* (récits), 1992, 95 p.

Paquette, André. *La Lune ne parle pas* (récits), 1996, 159 p.

Paquette, André. *Les Taches du soleil* (récits), 1997, 219 p.

Paquette, André. *Première expédition chez les sauvages* (roman), 2000, 180 p.

Paquette, André. *Parcours d'un combattant* (roman), 2002, 183 p.

Paré, Marc-André. *Chassés-croisés sur vert plancton* (récits), 1989, 92 p.

Paré, Marc-André. *Éclipses* (récits), 1990, 98 p.

Pascal, Gabrielle. *L'Été qui dura six ans* (roman), 1997, 115 p.

Pascal, Gabrielle. *Le Médaillon de nacre* (roman), 1999, 180 p.

Patenaude, Monique. *Made in Auroville, India* (roman), 2004, 211 p.

Pépin, Pierre-Yves. *La Terre émue* (récits), 1986, 65 p.

Pépin, Pierre-Yves. *Le Diable des marais* (contes), 1987, 136 p.

Perreault, Guy. *Ne me quittez pas !* (récits), 1998, 113 p.

Perreault, Guy. *Les Grands Brûlés* (récits), 1999, 173 p.

Poitras, Marie Hélène. *Soudain le Minotaure* (roman), 2002, 178 p.

Poitras, Marie Hélène. *La Mort de Mignonne et autres histoires* (nouvelles), 2005, 171 p.

Poulin, Aline. *Dans la glace des autres* (récits), 1995, 97 p.

Quintin, Aurélien. *Barbe-Rouge au Bassin* (récits), 1988, 257 p.

Quintin, Aurélien. *Chroniques du rang IV* (roman), 1992, 193 p.

Raymond, Richard. *Morsures* (nouvelles), 1994, 169 p.

Renaud, France. *Contes de sable et de pierres* (récits), 2003, 152 p.

Renaud, Thérèse. *Subterfuges et sortilèges* (récits), 1988, 144 p.

Robitaille, Geneviève. *Chez moi* (récit), 1999, 142 p.

Robitaille, Geneviève. *Mes jours sont vos heures* (récit), 2001, 116 p.

Saint-Pierre, Jacques. *Séquences* ou *Trois jours en novembre* (roman), 1990, 134 p.

Schweitzer, Ludovic. *Vocations* (roman), 2003, 188 p.

Shields, Carol. *Miracles en série* (nouvelles), 2004, 232 p.

Soudeyns, Maurice. *Visuel en 20 tableaux* (proses), 2003, 88 p.

St-Onge, Daniel. *Llanganati* ou *La Malédiction de l'Inca* (roman), 1995, 214 p.

St-Onge, Daniel. *Trekking* (roman), 1998, 240 p.

St-Onge, Daniel. *Le Gri-gri* (roman), 2001, 197 p.

Strano, Carmen. *Les Jours de lumière* (roman), 2001, 246 p.

Tétreau, François. *Le Lai de la clowne* (récit), 1994, 93 p.

Thibault, André. *Schoenberg* (polar), 1994, 175 p.

To, My Lan. *Cahier d'été* (récit), 2000, 94 p.

Turcotte, Élise. *La Mer à boire* (récit), 1980, 24 p.

Turgeon, Paule. *Au coin de Guy et René-Lévesque* (polar), 2003, 214 p.

Vaillancourt, Claude. *L'Eunuque à la voix d'or* (nouvelles), 1997, 159 p.

Vaillancourt, Claude. *Les Onze Fils* (roman), 2000, 619 p.

Vaillancourt, Claude. *Réversibilité* (roman), 2005, 256 p.

Vaillancourt, Marc. *Le Petit Chosier* (récits), 1995, 184 p.

Vaillancourt, Marc. *Un travelo nommé Daisy* (roman), 2004, 185 p.

Vaillancourt, Yves. *Winter et autres récits* (récits), 2000, 100 p.

Vaïs, Marc. *Pour tourner la page*, 2005, 113 p.

Valcke, Louis. *Un pèlerin à vélo* (récit), 1997, 192 p.

Vallée, Manon. *Celle qui lisait* (nouvelles), 1998, 149 p.

Varèze, Dorothée. *Chemins sans carrosses* (récits), 2000, 134 p.

Villeneuve, Marie-Paule. *Derniers quarts de travail* (nouvelles), 2004, 105 p.

Achevé d'imprimer à Boucherville, sur les presses
de Marc Veilleux imprimeur,
en août deux mille cinq.